EN PRÉPARATION :

Catalogue des Livres rares et précieux composant le Cabinet de feu M. Jacques-Charles BRUNET, *Auteur du Manuel du Libraire et de l'Amateur de Livres.*

Renou et Maulde, imprimeurs de la Compagnie des Commissaires-Priseurs, rue de Rivoli, 144.   10575

CATALOGUE

DES LIVRES

DE LA

Bibliothèque de feu M. L.-C. SILVESTRE

LIVRES IMPRIMÉS SUR VÉLIN ET SUR PAPIER DE CHINE ; OUVRAGES
DE LITTÉRATURE ET DE BIBLIOGRAPHIE ; SUITES DE VIGNETTES,
DESSINS DE BOUCHER ET D'AUTRES ARTISTES ; CUIVRES
GRAVÉS ; ALBUM TYPOGRAPHIQUE ;

LIVRES EN NOMBRE

MARQUES TYPOGRAPHIQUES ; COLLECTION GOTHIQUE ; OUVRAGES
QUI N'ONT JAMAIS ÉTÉ MIS EN VENTE ; POINÇONS ET MATRICES
DE CARACTÈRES GOTHIQUES DU XVe SIÈCLE ; LETTRES
AUTOGRAPHES ; CORRESPONDANCE DE JOMBERT ;
MANUSCRIT DE FLORIAN ;

LA VENTE AURA LIEU

RUE DES BONS-ENFANTS, N° 28

(MAISON SILVESTRE)

SALLE N° 1

Le Jeudi 27 Février 1868 & les quatre Jours suivants

A SEPT HEURES DU SOIR

Me **DELBERGUE-CORMONT**, Commissaire-Priseur,
rue de Provence, 8.

PARIS

ADOLPHE LABITTE, LIBRAIRE

5, QUAI MALAQUAIS, 5.

1868

TABLE DES VACATIONS

1re **Vacation.** — *Jeudi 27 Février 1868 :*

N°s 1 à 43
221 à 360

2e **Vacation.** — *Vendredi 28 Février :*

N°s 44 à 97
361 à 485

3e **Vacation.** — *Samedi 29 Février :*

N°s 486 à 567

4e **Vacation.** — *Lundi 2 mars :*

N°s 98 à 220

5e **Vacation.** — *Mardi 3 Mars :*

Ouvrages en lots.

CONDITIONS DE LA VENTE

La vente aura lieu expressément au comptant.

Il y aura, chaque jour de vente, exposition, de 2 à 4 heures, des Livres qui seront vendus le soir.

Les Livres vendus devront être collationnés sur place, dans les vingt-quatres heures de l'adjudication ; passé ce délai ou une fois sortis de la salle de vente, ils ne seront repris pour aucune cause.

Les Adjudicataires payeront, en sus des enchères, CINQ CENTIMES PAR FRANC, applicables aux frais.

CATALOGUE
DES LIVRES

DE LA

Bibliothèque de feu M. L.-C. SILVESTRE

LIVRES IMPRIMÉS SUR VÉLIN ET SUR PAPIER DE CHINE; OUVRAGES
DE LITTÉRATURE ET DE BIBLIOGRAPHIE; SUITES DE VIGNETTES,
DESSINS DE BOUCHER ET D'AUTRES ARTISTES; CUIVRES
GRAVÉS; ALBUM TYPOGRAPHIQUE;

LIVRES EN NOMBRE

MARQUES TYPOGRAPHIQUES; COLLECTION GOTHIQUE; OUVRAGES
QUI N'ONT JAMAIS ÉTÉ MIS EN VENTE; POINÇONS ET MATRICES
DE CARACTÈRES GOTHIQUES DU XVe SIÈCLE; LETTRES
AUTOGRAPHES; CORRESPONDANCE DE JOMBERT;
MANUSCRIT DE FLORIAN;

LA VENTE AURA LIEU

RUE DES BONS-ENFANTS, N° 28

(MAISON SILVESTRE)

SALLE N° 1

Le Jeudi 27 Février 1868 & les quatre Jours suivants

A SEPT HEURES DU SOIR

Me **DELBERGUE-CORMONT**, Commissaire-Priseur,
rue de Provence, 8.

PARIS

ADOLPHE LABITTE, LIBRAIRE

5, QUAI MALAQUAIS, 5.

1868

CATALOGUE

DES LIVRES

DE LA BIBLIOTHÈQUE DE FEU

M. L.-C. SILVESTRE

THÉOLOGIE.

1. La Bible en françois, nouvellement imprimée à Paris. *S. d.; marque de Fr. Regnault*, in-4 goth. à longues lignes.

2. Testamenti novi editio vulgata. *Lugduni, per Theobaldum Paganum*, 1554; pet. in-12, v., à compartiments, fig.

3. Pseaumes de David mis en vers français par Ph. Des Portes, abbé de Thiron. *Rouen*, 1593; 3 part. en 1 vol. in-12, mar., tr. dor.

4. Teutsch Ewangeli und Epistel. *Strasbourg*, 1522; in-fol., figures sur bois.

5. Cyrilli Alexandrini Commentarii in Leviticum, 1521; in-fol., cart. (*piqué.*)

6. Nicolaï de Lyra Postilla super Psalterium. *Impressum in urbe Parisiensi, per Udalricum Gering*, 1483; in-4 goth., 309 feuillets (*piqûres.*)

7. Postilles et expositions des epistres et evangilles domi-
nicalles. *S. l. n. d.* (xvie siècle); in-4 gothique, 2 col.

   Les premiers feuillets sont déchirés, et la fin du volume manque.

8. Ces présentes heures à l'usaige de Romme ont été faites
pour Simon Vostre; in-8 goth. sur papier. (Almanach
de 1502 à 1520), encadrements et 15 grandes planches
sur bois.

   92 Feuillets; il en manque un à la sign. c.

9. Officium Beatæ Mariæ Virginis. *Parisiis, P. Vidoue,*
1519; pet. in-12 goth., fig. sur bois.

10. Officium Beatæ Mariæ Virginis. *Cy finissent ces présentes
heures à l'usage de Rome, nouvellement imprimées à Paris
pour Guillaume Merlin,* 1568; in-16, v., fig. sur bois.

11. Heures de N. D. à l'usaige de Rome. *Paris Magdeleine
Boursette,* 1550; pet. in-16, cart., fig. sur bois.

12. Heures à l'usage de Sens, au long sans rien requérir.
Imprimé à Sens, par *Jean Savine,* pour *Jean de la Mare.*
1569; pet. in-12, format allongé gothique.

13. Cantica M. P. Burri de omnibus festis Domini. *Ex
œdibus ascensianis,* 1506; lettres rondes.—Carmen Philippi
Beroaldi de die dominice passionis; in-4 goth. — 3 part.
en 1 vol. in-4, v. f.

14. Vita, epistole di sancto Hieronymo vulgare... *Ferrara,
Lor. de Rossi,* 1497; in-fol., lettres rondes à 2 col., fig.
sur bois.

15. Moralia divi Gregorii... *Impressum Parisiis, per Udalricum Gering et Berchtoldum Reboldt,* 1495; in-fol. goth.,
à 2 col.

16. Epistole beatissimi Gregorii pape primi. *Parisiis, ex-
pensis Udalrici Gering et Berchtoldi Remboldt,* 1508. —

Baculus pastoralis, *Parisiis, Regnault*, 1514. — De Cultu
Vine Domini, *Parisiis, Regnault*, 1514. — 3 part. en 1 vol.
in-4 goth. à 2 col.

17. Libri sancti Ephrem, latine. *Impressum in Bellovisu,*
1509 ; pet. in-8 goth., à longues lignes.

18. Præclarissimum opus divi Isidori Hyspalensis quod
ethimologiarum intitulatur. *Impressum Parrhisiis, opera
magistri Georgii Wolff et Thielmani Kerver*, 1499 ; in-fol.,
car. ronds.

19. Interpretatio Georgii Bruxellensis in summulas mgtri
Petri Hyspani — *(ad finem)* — *Impressum Lugduni per
P. Mareschal et B. Chaussard*, 1515 ; in-fol. goth. à 2 col.
(piqué.)

20. Apparatus contitutionum Clementis papæ quinti. *Ca-
domi*, 1512 ; pet. in-8 goth., d.-rel.

21. Consilia Guidonis papæ. *Lugd.*, 1542 ; in-4 goth.

22. Concordata inter sanct. papam Leonem X et regem
Franciscum I. — Defensorium concordatorum — *Parisiis, per Franciscum Regnault, S. d.;* in-8 goth.

23. Les décrets et canons touchant le mariage, publiez en
la huitième session du concile de Trente ; le tout traduit
en français par Gabriel Du Preau. *Paris, Nicolas Hoffet,*
1564 ; pet. in-8, cart.

24. Callot. Vita et Historia Beatæ Mariæ Virginis. *S. l. n.
d.;* pet. in-12, 14 planches, belles épreuves et grandes
marges.

25. Encomium trium Mariarum cum earumdem cultus
defensione adversus Lutheranos, opera Bertaudi. *Impri-
mebat Badius Ascensius, 1529 ;* in-4, rel.

Une partie du volume est en gothique avec figures sur bois ; forte
piqûre.

26. Dispute contre l'adoration des reliques des saints trespassés, par Jehan Polyander. *Dordrecht*, 1611 ; pet. in-8, cart.

27. L'enfant sage a trois ans, avecque la similitude de l'enfant prodigue. *Paris*, 1854 ; pet. in-8, goth. br.

28. Catalogus sanctorum et gestorum eorum editus a Petro de Natalibus de Venetiis. *Per Nicolaum de Franckfordia impressus anno Dni* 1816 ; in-4 goth. à 2 col., rel. en bois, figures.

29. La vie des anciens pères jadis demourans es grans déserts d'Égypte, Thebayde, Mesopotamie et aultres lieux solitiaires. *Imprimé à Paris* par *maistre Pierre Le Dru, pour François Regnault. S. d.;* in-fol. goth., fig. sur bois.

Le premier feuillet manque.

30. Simeonis Metaphrastis in gesta sancti Nicolaï, myrensis episcopi, vera historia, e græco in latinum versa. *Parisiis, vœnit Simoni Colinæo*, 1521 ; in-4, cart., fig. sur le titre.

31. Legenda major beati Francisci a sancta Bonaventura edita et ab ecclesia approbata. *Impressa pro Symone Vostre*, 1507 ; pet. in-4 goth.

32. Dictionarius pauperum. *Parrhisiis, per magistrum Andream Bocard*, 1498 ; pet. in-4 goth., 2 col., v. br.

33. Cura clericalis. *On les vent à Angiers, chez Jehan Varice, à la chaussée Sainct Pierre, s. d.;* très pet. in-8 goth., 11 feuillets.

34. Tractatus de profectu religiosorum a Bonaventura compositus. *Jehan Petit*, pet. in-8 gothique, d.-rel.

35. (Guill. Chabutus). Semita diversarum quatuor viarum. *Parisiis, per Michaelem Toulouse, s. d.;* in-4 goth.

36. Destructorium vitiorum, per modum dialogi, 1500 ;
in-fol. cart. gothique, figures.

> Volume rare. Le dernier feuillet porte la marque de Jean Bellot,
> imprimeur à Genève. Un grand alphabet gravé sur bois et très-riche
> d'ornements embellit ce volume.

37. Mag. Johannis Viterbiencis Tractatus de futuris chris-
tianorum triumphis in Saracenos. *Ex Genua*, 1480 ; pet.
in-8 gothique.

> Seconde édition de cet opuscule; elle a été imprimée à Paris de 1480
> à 1484, et il se trouve de plus que dans la 1re une épitre au pape
> Sixte IV.

38. Petronille. Accident pitoyable de nos jours, cause
d'une vocation religieuse, par Monseigneur l'Évesque
du Belley. *Lyon*, 1626, in-8, parch.

39. Les trois véritez contre tous Athées (par P. Charron).
Paris, 1594 ; in-8, vélin.

40. Le Traictié intitulé de la différence des scismes et des
concilles de l'Église, et de la prééminence et utilité des
concilles de la saincte église gallicaine, par Jan Le Maire
de Belges. *Imprimé à Lyon*, 1511 ; *par Estienne Baland*,
in-4 gothique à longues lignes.

> Très-bel exemplaire.

41. L'Interim fait par dialogue, par Pierre Viret. *Lyon*,
1565 ; pet. in-8, rel.

42. La nullité de la religion prétendue réformée. *Imprimé
à La Flèche et se vendent à Paris*, 1606; pet. in-8 (*piqûre*).

43. Response de Gentian d'Hervet contre une invective
d'un maistre d'Escole d'Orléans qui se dit de Rheims,
sur le discours que les voleurs et pilleurs d'églises n'en
veulent qu'aux prestres. *Reims*, 1564 ; pet. in-8.

JURISPRUDENCE.

44. Codex Justinianus *Parisiss, impensis Fr. Regnault*, 1523; in-16 gothique, non relié.

45. Le Coustumier et stilles du Bailliage et duché de Touraine. *Imprimé à Tours, par Mathieu Chercele,* 1536 ; pet. in-8 gothique.

46. Coustumes générales des pays et duché de Berry. *Bourges,* 1579 ; pet. in-8, v. br.

47. Recueil de pièces, in-8, d.-rel.

Plaidoyé de feu l'advocat Du Mesnil en la cause de l'Université de Paris 1594. — Plaidoyer pour les prebstres et escoliers du College de Clermont 1594. — De l'Université de Paris. *Abel Langelier*, 1587. — La Déclaration faicte par le roy de sa majorité. *Robert Estienne*, 1584, etc.

SCIENCES ET ARTS.

48. Sextus Empiricus, contra mathematicos, latine. *Parisiis,* 1569 ; in-fol., d.-rel. vélin.

49. Altercation en forme de dialogue de l'empereur Adrian et du philosophe Épictète, contenant soixante-treize questions, rendu de latin en français, par Me Jean de Coras, docteur en droit. *Tolose,* 1558; in-4, car. r., cart.

50. L'Horloge des princes contenant la vie, mœurs et graves discours de Marc Antonin, recueillie de divers auteurs et traduicte nouvell. en français, par J. Lambert. *Paris, Jean Hourzé,* 1583, in-4, v.

51. Ph. Beroaldi de felicitate opusculum. *Parisiis, Denis Roce,* 1507 ; in-4, d.-rel.

52. Recherches sur Montaigne, par Payen (n° 4). *Paris,
Techener*, 1856; in-8, br.

53. Maximes et Pensées, par Jean-Louis Bourdillon. *Paris,*
1844; in-12, br.

54. Catéchisme français, ou principes de philosophie, par
La Chabeaussière, *Paris*, 1846; in-8, 16 pp., papier de
Hollande.

55. De l'Institution du prince fait et composé par maistre
Guillaume-Budé. Reveu et enrichy... par hault et puis-
sant seigneur messire Jean de Luxembourg, abbé d'Ivry.
Imprimé à Larivoir, imprimerie du dict Seigneur, 1547;
in-fol. vélin. (*Titre fatigué*).

> La marque a été gravée par Tory de Bourges, dont elle porte ce
> monogramme : Il est probable que les lettres fleuries sont du même
> graveur, mais la lettre g n'a pas été employée, et c'est à cette lettre
> qu'il signait son alphabet.

56. Le Courtisan, nouvellement traduict de langue ita-
licque ou vulguaire françoys. *Au Palais, en la bouticque
de Jehan Longis et Vincent Certenas*, 1538; pet. in-8, v.
(*Mouillures*).

57. Plinii historiæ mundi libri XXXVII. *Lugd.*, 1564; in-
fol. v.

58. Buffon. Histoire naturelle. *Paris*, 1749; 38 vol. in-4,
v., tr. dor.

> Mammifères, minéraux, oiseaux. Supplément. — 1 vol. en feuilles.

59. Buffon. Histoire naturelle. *Paris, imp. Roy*, 1747; 39
vol. in-4, d.-rel., n. rogn. et brochés. (*Figures*).

60. Buffon. Histoire naturelle des oiseaux. *Paris, imp. Roy.*
1770; 9 vol. in-4, br. (*Figures*).

61. Buffon. Les Minéraux. 5 vol. Serpents et Ovipares;
2 vol. avec figures. Figures du complément de l'édition
in-4.

62. Figures pour Buffon de l'imprimerie royale. Environ 400 planches.

63. Buffon. Figures pour l'édition in-4.

Environ 200 eaux-fortes.

64. Figures pour 24 vol. in-4 de Buffon. Le Cabinet et les Oiseaux.

65. Figures pour les Oiseaux de Buffon ; in-4.

66. Défets des planches du Buffon in-4. pour les Serpents et les Oiseaux. Environ 200 pl.

67. Buffon, in-4. Figures pour les Poissons et les Cétacés, 132 planches.

Epreuves avant la lettre.

68. Buffon. Planches de l'Aimant pour deux exemplaires in-4.

69. Lettres à une princesse d'Allemagne, par Euler. *Bruxelles*, 1839 ; 2 vol. in-8, br.

70. Praticque pour brievement apprendre à ciffrer et tenir livre de comptes avec la règle de Coss et géométrie, par Menher Alleman. *Anvers*, 1565 ; 4 part. en 1 vol. in-8, rel., fig.

71. L'Arithmétique de Jan Tranchant avec l'art de calculer aux getons. *Lyon, Michel Jove*, 1578 ; pet. in-8, vélin.

72. L'Arithmétique, arpentage universel ; par Jean Abraham. *Rouen*, 1636 ; pet. in-8, vélin.

73. Computus novus, pedestri oratione contextus, a magistro Petro Turello æditus. *Parrhisiis, apud Petrum Gaudoul* (1525); in-4, mar. br., *non rogné*.

74. Ephéméride céleste pour l'an 1556, calculée par Ant. Mizauld. *Paris, Jacques Kerver*, 1556 ; in-8, vélin.

75. Galeni opera, Leoniceno interprete. *Henricus Stephanus*, 1514.—Galeni de affectorum locorum notitia libri. *Henricus Stephanus.*— Pauli Æginetæ præcepta salubria, 1510. Alex. —Benedicti anatomice. *H. Stephanus*. 1514. etc. 6 part. en 1 vol. in-4. rel.

76. Le propriétaire des choses tres utille et profitable aux corps humains. *On les vend à Paris, par Philippe Le Noir*, 1525 ; in-fol. goth. à 2 col. (*Piqûres*).

77. Concilio di Marsilio Ficino contro la Pestilentia. *Firenze*, 1481 ; in-8, car. ronds.

78. Deux livres des venins, par Jaques Grevin. Ensemble les œuvres de Nicandre traduictes en vers français. *Anvers. Plantin*, 1568 ; in-4. rel.

79. Des choses merveilleuses en nature où est traicté des erreurs des sens, trad. en français par J. Girard de Tornus. *Lyon, Macé Bonhomme*, 1557 ; pet. in-8, cart.

80. Curiosités de l'Histoire des arts , par P.-L. Jacob. *Paris*, 1858 ; in-12. br.

81. Traité de la réparation des Églises, principes d'archéologie pratique, par Raymond Bordeaux, *Paris*, 1862; in-12. br.

82. Albertus Durerus, pictor celeberrimus (Geometria), latine. *Lutetiæ, apud Wechelum*. 1532; in-fol., d.-rel. (*Figures*).

83. Manuel de l'amateur d'estampes, par Ch. Le Blanc. *Paris. Jannet*, 1850 ; 3 livraisons gr. in-8, br.. pap. de Holl.

84. Essai sur l'histoire de la gravure sur bois, **par Am**
broise **Firmin Didot**. *Paris*, 1863 ; in-8, br.

85. Geoffroy Tory, peintre et graveur. par Aug. **Bernard·**
Paris, 1857 ; in-8, br.

   Notes manuscrites.

86. Geoffroy Tory, peintre et graveur, par Aug. Bernard.
Paris, 1865 ; in-8, br.

87. Des gravures en bois dans les livres d'Anthoine Vé-
rard, par Renouvier. *Paris*, 1859 ; in-8, br.—Anthoine
Verard et ses livres à miniatures au xve siècle, par Aug.
Bernard. *Paris, Techener*, 1860 ; in-8, br.

88. Histoire de la gravure en France. par Georges Duples-
sis. *Paris*, 1861 ; in-8, br.

89. Des portraits d'auteurs dans les livres du xve siècle,
par Jules Renouvier. *Paris*, 1863 ; in-8, br.

90. Catalogue d'Estampes dont les planches sont à la
bibliothèque du Roy. (Description de la collection d'Estampes connue sous le nom de Cabinet du Roi. 23 vol.
in-fol). *S. d.*, in-fol., d.-rel.

91. L'Alphabet de la mort de Hans Holbein. *Paris, Tross.*,
1856 ; in-8, cart. (*Figures sur bois*).

92. Recueil de testes de caractères et de charges dessinées
par Leonard de Vinci et gravées par le comte de Caylus.
17 pièces in-4.

   9 Exemplaires.

93. Costumes, mœurs et usages de la cour de Bourgogne.
sous le règne de Philippe Le Bon (1455-1460). Publié
par le vicomte de Bastard. 5 livr.in-fol., br., contenant
25 planches.

94. Catalogue des objets d'antiquité et de curiosité appartenant à M. l'abbé Campion de Tersan. 1819 ; in-8, br.

> On a joint à cet exemplaire 4 eaux-fortes gravées par l'abbé de Tersan.

95. La manière d'enter et planter en jardin (en prose), pet. in-8 goth., fig. sur bois, 6 ff.

> Réimpression.

96. Cours élémentaire d'arboriculture, par Du Breuil. *Paris*, 1850; in-8, d.-rel. (*Figures*).

97. L'Art du typographe, par Vincart. *Paris*, 1823; in-8, br. (*Figures*).

Suites de Vignettes.

(Les suites de Vignettes seront vendues par exemplaire).

98. ALBUM in-4, mar., contenant quelques vignettes et dessins.

99. ARIOSTE. Suite des gravures de Moreau et autres pour Roland furieux, in-4.

> Suite incomplète du portrait et des vignettes 12 et 36. On y a ajouté quelques épreuves de l'édition italienne.

100. BERNARDIN DE SAINT-PIERRE. Figures de Moreau jeune pour Paul et Virginie. 4 pièces.

> 2 Exemplaires.

101. BOCCACE. Figures pour le Décaméron de Boccace, in-12. 142 pièces en 1 carton.

102. Les mêmes figures. 141 pièces.

103. Les mêmes figures. 118 pièces.

104. BOCCACE. Réunion de 90 pièces pour le Décaméron de Boccace, in-12, figures avant la lettre, eaux-fortes, etc.

105. BOCCACE. Défets des Vignettes pour les Contes de Boccace, in-12. Environ 300 pièces.

106. BOCCACE. Suite de figures de Boucher, de Gravelot et d'Eisen, pour le Boccace de 1757. 68 pièces.

107. BOCCACE. Figures pour le Décaméron de Boccace, d'après Gravelot et autres. 120 pièces in-8, n. rog.

    Quelques taches.

108. BOCCACE. Suite des gravures de Gravelot pour le Déméron de Boccace. 1802. 113 planches in-8.

109. CAZOTTE. Vignettes de Lefèvre pour Ollivier de Cazotte. 23 pièces.

    Epreuves avant la lettre, et eaux-fortes. Il manque l'eau-forte de la huitième planche.

110. CAZOTTE. Vignettes dépareillées d'Ollivier et de Zélomir de Morel de Vendé, in-12.

    13 Vignettes sur vélin, 24 vignettes avant la lettre.

111. CERVANTÉS. Figures de Lefèvre et Le Barbier pour Don Quichotte. Suites incomplètes. 74 pièces avant ou avec la lettre. Quelques pièces plusieurs fois répétées.

112. Pierre CORNEILLE. Suite de Vignettes de Moreau pour les Œuvres de P. Corneille. 26 pièces in-8.

113. CRÉBILLON. Suite de figures pour les Œuvres de Crébillon. 10 pièces in-8.

    5 Exemplaires.

114. DARNAUD. Suite de vignettes pour les Fables de Darnaud, exécutées à Bruxelles, par Benoist, d'après Goubaud. 7 pièces.

115. DUCIS. Huit pièces pour Ducis, d'après Desenne. Pap. ord. et papier de Chine.

116. Fénelon. Figures urT de Moreau poélémaque. 5 pièces in-8 avant la lettre.

117. Gessner. Suite complète de 54 vignettes (pour ses
Œuvres) gravées d'après les dessins de Moreau. in-8
avec la lettre et le cadre ombré.

    5 Exemplaires de cette suite seront successivement vendues.

118. Gessner. Suite de 51 vignettes gravées par Moreau
pour les Œuvres de Gessner, in-8.

    Très-beau tirage gr. in-4.

119. Gessner. Suite des vignettes de Moreau pour les Œuvres de Gessner. Tirage in-4.

    Il manque 2 planches à cet exemplaire.

120. Gessner. Suite de 51 vignettes in-8 pour ses Œuvres,
gravées par Moreau le jeune. Epreuves avant la lettre et
avant le cadre ombré.

    Cette suite est malheureusement incomplète des planches 8, 22, 27;
on y a ajouté les portraits de Gessner et de Moreau le jeune.

121. Gessner. La même suite. 38 pièces avant la lettre et
le cadre ombré.

122. Gessner. Suite de 51 vignettes gravées par Moreau
pour les Œuvres de Gessner. in-8.

    Tirage in-4, mais dont les 8 premières planches sont in-8.

123. Mᵉ de Graffigny. Vignettes pour les Lettres péruviennes. 16 pièces.

    Eaux-fortes, 8 pièces et contre-épreuves des vignettes terminées
(sur vélin) 8 pièces.

124. Mᵉ de Graffigny. Vignettes diverses gravées par
Coiny d'après Lefèvre, pour les lettres Péruviennes, eaux-
fortes, avant ou avec la lettre. 30 pièces.

125. Hamilton. Vignettes pour les Œuvres de Hamilton.
4 pièces in-8.

126. ICONOGRAPHIE. Vignettes pour l'Iconographie. 32 pièces.

Eaux-fortes, Suite incomplète.

127. LA FONTAINE. Vignettes pour La Fontaine, edition de 1814. 25 pièces in-8.

128. LA FONTAINE. Défets de figures de Moreau pour les OEuvres de La Fontaine, in-8.

Fables : Le Chêne et le Roseau.	11	Exemplaires.
Les Membres et l'Estomac.	14	id.
L'Avare qui a perdu son trésor.	27	id.
Le Villageois et le Serpent.	26	id.
La Laitière et le Pot au lait.	55	id.
Le Savetier et le Financier	31	id.
Les deux Pigeons.	8	id.
Le Berger et le Roi.	23	id.
Le Paysan du Danube.	17	id.
Daphnis et Alcimadure.	3	id.
Contes : Le Faucon.	26	id.
La Clochette.	32	id.
Les Quiproquo.	33	id.
Les Lunettes.	8	id.
Le Cas de Conscience.	3	id.
Les Oies de Frère Philippe.	9	id.
Psyché.	42	id.

Ensemble. 368 Pièces.

129. LA FONTAINE. Figures de Desenne pour les OEuvres de La Fontaine. 24 pièces in-8.

130. LA FONTAINE. Portrait et figures pour les OEuvres de La Fontaine. 25 pièces détachées, épreuves de choix avant la lettre et eaux-fortes.

131. LA FONTAINE. Treize eaux-fortes d'après Devéria pour les œuvres de La Fontaine, in-8.

132. LA FONTAINE. Figures pour les œuvres de La Fontaine, in-12. 36 eaux-fortes.

133. La Fontaine. Figures pour La Fontaine dessinées par Tony Johannot. 13 pièces tirées in-fol. et sur papier de Chine.

134. Les mêmes. 13 pièces in-8, papier ordinaire.

135. La Fontaine. Figures pour les sept premiers livres des fables de La Fontaine par Simon et Coigny.

   Epreuves avant les numéros.

136. La Fontaine. Suite des figures de Moreau pour les fables de La Fontaine. 20 planches in-8.

   4 Exemplaires.

137. La Fontaine. Suite des figures pour les fables de La Fontaine, édition de Nepveu, in-12. 48 pièces.

   Epreuves avant la lettre.

138. La Fontaine. Figures de Bergeret pour les fables de La Fontaine. 14 pièces avec les eaux-fortes.

139. La Fontaine. Fables. Suite de 15 vignettes in-8, gravées par Perdoux.

   2 Exemplaires.

140. La Fontaine. Figures de Romeyn de Hooge pour les contes de La Fontaine, édition de 1596. 64 pièces (y compris les titres) découpées et remontées sur feuillets in-4.

   La planche de l'anneau de Hans Cardel est double.

141. La Fontaine. Figures de Romeyn de Hooge pour les contes de La Fontaine, édition de 1709. 69 vignettes découpées et remontées sur feuillets in-4.

   Cette suite comprend sept contes de plus que la suite de 1596, et quatre planches ont été regravées.

142. La Fontaine. Contes de La Fontaine. Estampes gravées d'après Boucher et Lancret. 13 planches in-8 obl., v. f.

143. LA FONTAINE. Suite de figures pour les contes de La Fontaine, tirées de l'édition d'Amsterdam. 1776; 2 vol., figures découpées et remontées in-4.

144. LA FONTAINE. Figures séparées pour les contes de La Fontaine, édition des Fermiers généraux et autres éditions. 35 pièces dont quelques eaux-fortes.

145. LA FONTAINE. Figures des Fermiers généraux pour les contes de La Fontaine. 27 planches avant le cadre.

146. LA FONTAINE. Défets de figures pour les contes de La Fontaine des Fermiers généraux. Environ 200 pièces.

147. LA FONTAINE. Figures d'après Fragonard pour les contes de La Fontaine, in-4. 22 pièces.

> Eaux-fortes. Il manque la Matrone d'Éphèse, et trois planches sont doubles.

148. LA FONTAINE. Figures d'après Fragonard pour les contes de La Fontaine, in-4. 30 pièces dont quelques-unes sont doubles.

> Très-belles épreuves avant la lettre.

149. LA FONTAINE. Figures de Fragonard pour les contes de La Fontaine. 20 pièces découpées.

150. LA FONTAINE. Contes de La Fontaine. 8 figures de Moreau avant la lettre avec les eaux-fortes.

151. LA FONTAINE. Suite de 24 vignettes, in-18, pour les contes de La Fontaine.

152. LA FONTAINE. Suite de 20 vignettes in-18, pour les contes de La Fontaine, remontées in-4.

153. LA FONTAINE. Figures lithographiées d'après Hersent, par Châtillon pour les contes de La Fontaine, in-4. 8 pièces sur papier de Chine.—Lithographies d'après Hersent pour les contes de La Fontaine. *Delpech*, 1819. 12 pièces.

154. LA FONTAINE. Suite de figures de Moreau pour la Psyché de La Fontaine. 8 pièces.

10 Exemplaires.

155. LA FONTAINE. Figures pour Psyché et Adonis, gravées d'après Moreau. 9 pièces in-12.

156. Lot d'environ *400 vignettes* dépareillées pour Molière, Racine, La Fontaine, etc., etc., in-4 et in-8.

Ces vignettes sont toutes de premières épreuves, eaux-fortes, avant la lettre ou papier de Chine.

157. LOUVET DE COUDRAY. Suite de vingt-sept figures pour Faublas, in-8.

9 Exemplaires avant la lettre.

158. MARGUERITE DE VALOIS. Figures de Freudenberg pour l'Heptaméron de la reine de Navarre. 76 pièces en 6 livraisons in-8, br.

159. MARGUERITE DE VALOIS. Défets des figures de Freudenberg pour l'Heptaméron de la reine de Navarre. Environ 150 pièces dont plusieurs sur chine.

160. J. DE MEUNG. Trois vignettes gr. in-8 pour le roman de la Rose, avec eau-forte et avant la lettre.

2 Exemplaires.

161. MIONNET. Planches pour la Numismatique de Mionnet. 50 pl. in-8.

162 MOLIÈRE. Vignettes pour les œuvres de Molière, 2e tirage de l'édition de Bret et quelques figures d'après Desenne, sur chine et eau-forte.

163. MONTESQUIEU. Figures pour les œuvres de Montesquieu, in-4. 12 pièces.

Epreuves avec la lettre.

164. MONTESQUIEU. Figures pour les œuvres de Montesquieu, in-4. 13 pièces.

Epreuves avant la lettre.

165. MONTESQUIEU. Figures pour les œuvres de Montesquieu, in-4. 20 pièces.

Eaux-fortes ou épreuves avant la lettre.

166. MONTESQUIEU. Figures pour Montesquieu. 14 pièces in-4, dont 12 avant la lettre.

167. MONTESQUIEU. Suite de 12 figures in-8, gravées par Bertaux.

17 Exemplaires.

168. MONTESQUIEU. Collection de 14 figures pour les œuvres de Montesquieu. *Paris, Silvestre*, 1822 ; in-8.

8 Exemplaires.

169. MONTESQUIEU. Collection de 14 figures pour les œuvres de Montesquieu. *Paris, Silvestre*, 1822 ; in-8.

14 Exemplaires tirés sur grand papier.

170. MONTESQUIEU. Suite de 14 figures in-8 pour Montesquieu.

Epreuves sur papier de Chine.

171. MONTESQUIEU. Portrait de Montesquieu, gravé par Tardieu, d'après Chaudet. 40 exempl. — Regulus retourné à Carthage, gravé par Girardet, d'après Moreau. 45 exempl.

172. MOREL DE VINDÉ. Vignettes pour Zélomir, de Morel de Vindé. 11 pièces.

Epreuves avant la lettre et eaux-fortes ; il manque une eau-forte.

173. MOREL DE VINDÉ. Vignettes pour Primerose. 6 eaux-fortes.

174. PORTRAITS divers. 130 pièces in-8.

175. PORTRAITS. Vingt-deux portraits gravés par Saint-Aubin. In-8.

176. PORTRAITS par Miger, Saint-Aubin et autres. Environ
80 pièces.

177. PORTRAITS. Galerie Napoléon ou collection de portraits de Napoléon et de sa famille. 1830. 90 portraits in-8.

178. PRÉVOST (L'abbé). Vignettes d'après Marillier pour les
œuvres de l'abbé Prévost, n⁰ˢ 33 à 109. 77 pièces.

Ancien et très-beau tirage.

179. PRÉVOST (L'abbé). Vignettes pour Manon Lescaut.
in-12. 8 pièces avant la lettre.

180. PRÉVOST (L'abbé). Figures de Coiny pour Manon Lescaut. 7 pièces in-12.

181. RACINE. Figures de Le Barbier pour les œuvres de
Racine. 12 pièces avant la lettre, moins une épreuve
avec la lettre.

182. RECUEIL DE CONTES. Vignettes de Duplessis-Bertaux
pour le Recueil de contes en 4 vol. pet. in-12. Tirage à
part. Suite incomplète. Environ 109 vignettes, dont plusieurs sont découpées.

183. ROMAN DE LA VIOLETTE. Figure coloriée pour le Roman
de la Violette, gr. in-8.

9 Exemplaires.

184. ROMAN DE LA VIOLETTE. Défets des vignettes du Roman
de la Violette, publié par M. Silvestre. Environ 50 pièces
sur papier et 20 pièces sur vélin.

185. J.-J. ROUSSEAU. Suite de figures gravées par Dupréel,
d'après Moreau et Le Barbier. 60 pièces in-8, tirées
gr. in-8 et avant les numéros.

17 Gravures manquent à cette suite.

186. J.-J. ROUSSEAU. Suite de 48 vignettes sur les 60 publiées de la suite, gravée par Dupréel, d'après Moreau et autres.

Épreuves avant les numéros et tirées in-8.

187. J.-J. ROUSSEAU. Figures de Moreau pour J.-J. Rousseau, in-8.

Les 48 premières figures, épreuves avec la lettre mais avant les numéros.

188. J.-J. ROUSSEAU. Figures pour J.-J. Rousseau, d'après Moreau jeune. 60 vignettes in-12 avec les numéros.

189. J.-J. ROUSSEAU. Suite de gravures d'après Marillier, pour les œuvres de J.-J. Rousseau, in-18. 27 pièces.

2 exemplaires.

190. J.-J. ROUSSEAU. Suite de 42 vignettes d'après les dessins de Devéria, pour l'édition de Dalibon. 1826 ; gr. in-8.

Huit suites complètes et une incomplète, et fig. doubles.

191. SCARRON. Vignettes d'après Le Barbier pour le Roman comique de Scarron. 3 pièces in-8 avant la lettre et une eau-forte.

192. Mme DE SÉVIGNÉ. Portraits pour Mme de Sévigné, d'après Devéria. 25 portraits in-8.

193. SWIFT. Suite de figures pour Gulliver, gravées par Masquelier. 10 pièces in-12, n. rogn.

3 Exemplaires.

194. SWIFT. Vignettes pour Gulliver, d'après Le Febvre, grav. par Masquelier. 16 vignettes mêlées avant et avec la lettre.

195. THIERS. Suite de 105 Figures pour l'Histoire de la Révolution française, in-8.

196. LE TASSE. Fleurons gravés par Le Roy, d'après Gravelot, pour Le Tasse. 20 pièces et autres vignettes détachées.

197. LE TASSE. Vingt Vignettes pour Le Tasse, tirées sur VÉLIN.

> 3 Epreuves manquent à cette collection.

198. — Les Veillées du Tasse, in-18. Suite de 4 vignettes avant la lettre.

> 17 Exemplaires.

199. TÉRENCE. Figures de Gravelot pour Térence. 7 p. in-8 avant la lettre.

200. TIBULLE. Figures pour Tibulle, trad. par Mirabeau. 15 pièces.

201. TRESSAN. Figures pour les Œuvres de Tressan. 14 vignettes avant la lettre.

202. VIRGILE. Figures pour les Œuvres de Virgile. 16 pièces in-8.

203. VOLTAIRE. Suite de Gravures de Moreau pour les Œuvres de Voltaire (1re suite). 108 pièces in-8, avec la lettre.

> Belles épreuves ; il manque quelques portraits.

204. VOLTAIRE. Suite (1re) de Moreau pour les Œuvres de Voltaire. 99 pièces en 1 vol. in-8, relié. dont un portrait de Voltaire, gravé par Lecœur.

205. VOLTAIRE. Suite (1re) de Moreau pour Voltaire. 91 pièces in-8.

206. VOLTAIRE. De la Suite des figures de Moreau pour Voltaire. 86 pièces dont une suite double pour la Pucelle.

207. **Voltaire.** Suite de vignettes de Moreau pour les
Œuvres de Voltaire, in-8. 160 pièces.

208. **Voltaire.** Suite des Gravures de Moreau pour Voltaire, 2e suite. 110 planches.

209. **Voltaire.** Figures pour les Œuvres de Voltaire, d'après Desenne. 72 pièces, épreuves sur chine.

210. **Voltaire.** Figures (vingt-huit) pour la Pucelle de Voltaire, édition Cazin, tirage à part.

211. **Voltaire.** Figures d'après Monsiau pour la Pucelle. 20 pièces.

    3 Exemplaires.

212. **Voltaire.** Figures de Monsiau, Lebarbier, Moreau et autres, pour la Pucelle. 20 pièces dépareillées, in-8.

Dessins et Cuivres gravés.

213. **Dessin.** — **Boucher** (François). Dessin signé et paraphé représentant les pieds d'une dame du temps de Louis XV, chaussés de mules, in-8 remonté.

214. **Dessins originaux** pour les tragédies d'Eschyle, traduction de La Porte Du Theil. 4 dessins.

215. **Dessin original.** Piron à la porte d'Auteuil; *Julie Ribault fecit*. Dessin in-12, avec une épreuve sur chine.

216. **Dessin original.** Dessin à la mine de plomb pour la Mélancolie de Legouvé. *L. Massard fecit*.

217. **Dessins.** Douze petits Dessins, signés *S. Aubri*. Un Dessin signé *Lafond*. Quatre Dessins signés *Phelippon*, et autres. Ensemble 19 pièces montées sur 10 ff. in-4.

218. **Cuivre** d'une planche de la Henriade de Voltaire (l'Apparition de Henri IV), in-8.

219. Cuivre gravé, in-8 obl. pour le roman d'**Eustache Lemoine.**

220. Cuivre in-fol. Portrait de **J. Fracastor.**

BELLES-LETTRES.

221. Grammatica Nicolaï Perotti. *Argentine*, 1501, in-4 gothique à longues lignes, rel. en bois.

222. Guidonis Juvenalis in latinæ linguæ elegantias interpretatio. *Parisiis, Nicolas de La Barre*, 1515; in-4 goth.

223. Ars epistolarum Francisci Nigri Veneti. *Impressum an. D.* 1499; in-4 gothique à longues lignes.

224. La Grammatica volgare di M. Alberti degl' Acharisi da Canto. *Venegia*, 1548; petit in-8.

225. Trésor des origines et Dictionnaire grammatical de la langue française, par Pougens. *Paris, Impr. roy.*, 1849; in-4, br.

226. Lexique roman, ou Dictionnaire de la langue des Troubadours, par Raynouard. *Paris, Silvestre*, 1838; 6 vol. in-8, br.

227. Kritische Beyträge zur anglo-normandischen Geschichte, von Ferd. Wolf. *Wien*, 1837; in-8, br.

228. Recherches sur la fusion du franco-normand et de l'anglo-saxon, par Thommerel. *Paris*, 1841; in-8, br.

229. Florilegium diversorum epigrammatum, gr. *H. Stephanus*, 1566; in fol. vélin.

230. Les OEuvres et les Jours d'Hésiode, traduction nouvelle, par Jules Chenu. *Paris*, 1844; pet. in-12, br.
   Tiré à 100 exemplaires.

231. Les Iliades d'Homère, trad. du Grec en vers français, par Hugues Salel. *Paris*, 1571 ; pet. in-8 vélin.

232. Æsopi fabulæ. *Napoli*, 1485; lettres rondes, in-fol., non relié.

> Traduction italienne des fables d'Esope, par Tuppo, fort rare, ornée de 88 grandes gravures sur bois. L'exemplaire est incomplet des ff 1 et 160, plusieurs feuillets sont beaucoup plus courts et d'autres sont tachés.

233. Esope en belle humeur. *Amsterdam, Michiels*, 1690 ; in-12, cart., figures.

234. La Georgica di Virgilio di Latina in Thoscana favella, per Bernardino Daniello, tradotta. *In Venetia*, 1549 ; gr. in-4, d.-rel.

235. Metamorphosis Ovidiana moraliter a Mag. Thoma Waleys anglico explanata, 1521 ; pet. in-8 goth.

236. Statius in Achilleide *S. L. et A.*, in-4, car. ronds, 28 ff.

> Marque de Jean Bouyer, libr.-imp. en 1495, et de Guillaume Bouchet, libr.-imp. en 1496.

237. Viridarium illustrium poetarum. *Parisiis (Denis Roce)*, 1513 ; pet. in-8, vélin.

238. Ant. Flaminii de rebus divinis carmina ad Margaritam Henrici sororem. *Lutetiæ, Rob. Estienne*, 1550. — In obitum Margaritæ navarrorum reginæ oratio per Car. Sanct. Marthanum. *Parisiis*, 1550. — In mortem Divæ Margaritæ Valesiæ hecatodistichon. *Parisiis, R. Chaudière*, pet. in-8, 3 part. en 1 vol. in-4.

> La dernière pièce est non rognée, mais le titre est déchiré.

239. Joachimi Bellaii poematum, libri IV. *Parisiis, Fed. Morel*, 1558 ; in-4 vélin, réglé.

240. Facetiarum Bebelii poetæ libri III. *Tubingæ*, 1542 ;
pet. in-8, rel. en bois.

241. Christophori Thuani tumulus. *Lutetiæ*, 1583 ; gr. in-8,
d.-rel.

242. Gulielmi Du Peyratii spicilegia poetica et amorum
libri III. *Paris, Jérémie Périer*, 1601 ; pet. in-12, vélin.

243. Le Parnasse occitanien, ou choix de poésies originales
des troubadours. — Essai d'un glossaire occitanien.
Toulouse, 1819 ; 2 vol. in-8, br.

244. Des fleurs du gai savoir, autrement dites, les lois
d'amour, monuments de la littérature Romane, publiés
par M. Gatien Arnoult. *Paris, Silvestre, s. d.;* 3 vol. gr.
in-8, br.

245. Poésies des xve et xvie siècles, publiées d'après des
éditions gothiques et des manuscrits. *Paris, Silvestre
(Impr. de Crapelet)*, 1832 ; 15 pièces, gr. in-8, d.-rel.
ou br.

> Réimpression goth. à 100 exemplaires

246. Poésies des xve et xvie siècles, publiées d'après les
éditions gothiques et les manuscrits. *Paris, Silvestre*,
1832 ; in-8 goth.

> Exemplaire sur papier de mise en train.

247. Collection de poésies, romans, chroniques, etc.,
publiée d'après d'anciens manuscrits et d'après des éditions des xve et xvie siècles. *Paris, Silvestre, (de l'imprimerie de Crapelet)*, 1838-58 ; 24 vol. in-16, caract. goth,
avec des vignettes gravées sur bois.

> Collection imprimée avec les caractères gothiques dont on trouvera
> la notice sous le no 543.
>
> EXEMPLAIRE SUR PEAU VÉLIN.

248. Collection de poëtes français, publiée par **Coustelier,** 1723; 6 vol., pet. in-8, v. f.

> Jean Marot. — Martial d'Auvergne, tom. II. — Coquillart.— P. Faifeu, 1723. — Villon — Guill. Cretin.

249. La Chanson de Roland ou de Roncevaux du XIIᵉ siècle, publiée par Fr. Michel. *Paris, Silvestre,* 1837; in-8 en feuilles.

> Papier de Hollande.

250. La chanson de Roland de Roncevaux du XIIᵉ siècle, publiée pour la première fois, par Francisque Michel. *Paris, Silvestre,* 1837; in-8, gr. pap. de Holl., br.

251. Lai d'Ignaurès, en vers du XIIᵉ siècle, par Renaut, suivi des Lais de Melion et Du Trot du XIIIᵉ siècle, publiés par Monmerqué et Francisque Michel. *Paris, Silvestre,* 1832; gr. in-8, br., fac-sim. colorié.

> Exemplaire sur papier de Chine.

252. Le même ouvrage.

> Un autre exemplaire sur papier de Chine.

253. Lai d'Ignaurès... *Paris, Silvestre,* 1832; gr. **in-8, br.,** fac-simile.

> Exemplaire sur papier de Hollande, avec double fac-simile dont un sur vélin et colorié.

254. Le même ouvrage.

> Un autre exemplaire sur papier de Hollande, avec fac-simile sur vélin et colorié.

255. Lai d'Ignaurès, en vers du XIIᵉ siècle, par **Renaut.** *Paris, Silvestre,* 1832; in-8, br.

> Tiré à 150 exempl.

256. Roman d'Eustache Le Moine, publié par Francisque Michel. *Paris, Silvestre,* 1834; gr. in-8, br. (*Figures.*)

257. Le même ouvrage. — Un autre exemplaire.

258. Roman de la Violette ou de Gérard de Nevers, en vers du XIIIe siècle, par Gibert de Montreuil, publié par Francisque Michel. *Paris, Silvestre,* 1834; in-8, en feuilles, papier de Hollande.

L'un des dix exemplaires sur papier de Hollande.

259. Gautier d'Aupaïs, le Chevalier à la Corbeille, fabliaux du XIIIe siècle, publiés par Fr. Michel. *Paris, Silvestre,* 1835; in-8, br. papier de Hollande.

260. Le Roman du Renard. Supplément par Chabaille. *Paris, Silvestre,* 1835; in-8, pap. de Hollande, br.

261. Un dit d'aventures, pièce burlesque et satirique du XIIIe siècle, publiée par Trébutien. *Paris, Silvestre,* 1835; in-8, br., pap. de Hollande.

262. Le dit de Ménage, pièce en vers du XIVe siècle, publiée d'après le Mes. de la Biblioth. Roy., par Trébutien. *Paris, Silvestre,* 1835; in-8, goth.

Exemplaire imprimé sur PEAU VÉLIN.

263. Le même ouvrage. Un second exemplaire imprimé sur PEAU VÉLIN.

264. Le dit de Ménage, pièce en vers du XIVe siècle, publiée par Trébutien. *Paris, Silvestre,* 1835; in-8, br. papier de Hollande.

265. La vie de sainte Marguerite (en vers du XIVe siècle). Copie manuscrite, in-8, rel.

266. La vie de Ma Dame sainte Marguerite vierge et martyre, avec son oraison. *Imprimé à Troyes, chez Jean Lecoq,* s. d., pet. in-8, br.

Réimpression gothique.

267. La vie de sainct Harenc. *s. l. n. d.;* pet. in-8 goth., 4 ff.

Reproduction.

268. Le parement et triumphe des Dames (d'Olivier de La Marche). *Nouvellement imprimé à Paris par la veuve de Jehan Treperel et Jehan Jehannot, s. d.;* pet. in-8 gothique.

Poésies fort rares. Exemplaire de Viollet-le-Duc. Il est très-rogné et incomplet de 2 ff.

269. La Dance des Aveugles (en vers). *Imprimé à Paris par le Petit Laurens, s. d.;* in-8, papier teinté.

Reproduction Pilinski.

270. La Dame aux Aveugles, par Pierre Michauts, et autres poésies du XVe siècle. *Lille, Panckouke,* 1748; in-12, v. f.

271. Les poésies de Martial de Paris, dit d'Auvergne. *Paris, Coustelier,* 1724; 2 vol. pet. in-8, v.

272. Le Rousier des Dames sive le Pelerin d'amours, nouvellement composé par Messire Bertrand Desmarins de Mason, *s. l. n. d.;* pet. in-8 goth.

Réimpression ; exemplaire sur vélin.

273. Le Girofflier aux Dames, ensemble le dit des Sibiles. *Imprimé à Paris par Michel Lenoir, s. d.;* in-4 goth., fig., mar. br., fil., tr. dor. (*Capé*).

Reproduction par le procédé Pilinski.

274. Le Banquet des Chambrières faict aux Estuves, 1541; pet. in-8 gothique, 4 ff.

Pièce en vers, où se trouve le conte du Diable en enfer, donné depuis par La Fontaine. Réimpression à 40 exemplaires.
Exemplaire sur PEAU VÉLIN.

275. Le même ouvrage. (Un second exemplaire sur vélin.)

276. La Patenostre des Verollez, avec leur complainte contre les médecins. *S. l. n. d.;* pet. in-8 goth., 6 ff.

Exemplaire sur VÉLIN. Réimpression faite sur l'exemplaire unique appartenant à M. le comte de Lurde.

277. Les Complaintes et enseignemens de François Garin, marchant de Lyon, envoyées à son fils (en vers). *Paris, Guill. Mignart*, 1595, (*Paris, Silvestre*, 1832); in-4, br.

> Réimpression goth. à 100 exemplaires.

278. Le Dialogue du Fol et du Sage (en vers). *Paris, par Simon Calvarin, s. d.;* pet. in-8 gothique, 18 ff.

> Réimpression faite par les soins de M. Silvestre en 1833. Exemplaire sur VÉLIN.

279. La Fontaine d'Amours et la description, nouvellement imprimée. *S. l. n. d.;* pet. in-8 goth.

> Papier de Chine. Réimpression à 40 exemplaires.

280. L'Exclamation des os saint Innocent (en vers). *S. l. n. d.;* pet. in-8 goth., n. rogn.

> Réimpression.

281. La guerre et le débat entre la langue, les membres et le ventre. C'est à savoir... qu'ils ne veullent plus rien bailler ni administrer au ventre et cessent chascun de besougner. *On les vend à Paris en la rue Neufve Notre-Dame, à l'enseigne Saint-Nicolas.* in-4, cart. n. rogn.

> Exemplaire ayant servi à la réimpression gothique. Il manque le 2e ff, et la fin de l'ouvrage est pourrie.

282. La contenance de la table (en vers). *S. d.;* pet. in-4 goth., n. rogn., 6 ff.

> Réimpression.

283. La Pronostication de Maistre Albert Songe creux biscain, in-4 goth.

> Réimpression.

284. Sensuivent les ténèbres du champ Gaillart, composées selon l'état du dict lieu et se peuvent chanter ou lire à plaisir. *Imprimé à Paris par Nicolas Buffet, s. d.;* pet. in-8 goth.

> Réimpression faite par les soins de Veinant (*Lahure*, 1856). Exemplaire sur VÉLIN.

285. Sermon joyeux (en vers). *S. l. n. d.;* pet. in-8 gothique, br.

> Réimpression faite à Grenoble en 1835. Exemplaire sur PEAU VÉLIN.

286. Discours joyeux en façon de sermon, faict avec notable industrie par deffunct Me Jean Pinard, sur les climats et finages des vignes. *Aucerre,* 1607; in-12.

> Réimpression à 62 exempl. par les soins de Veinant.

287. L'Epitaphe de frère Olivier Maillard (en vers). *S. l. n. d.;* pet. in-8 gothique.

> Réimpression faite par les soins de M. Veinant (*Lahure,* 1857). L'un des quatre exemplaires sur PEAU VÉLIN.

288. J. C. Brunet. Notice sur Alione d'Asti, 1836; in-8, br.

289. Poésies françaises de J. G. Alione (d'Asti), publiées pour la première fois par J. C. Brunet. *Paris, Silvestre,* 1836; in-8, br. gothique.

290. Poésies françaises de J. G. Alione d'Asti, composées de 1494 à 1520, publiées pour la première fois en France par J. C. Brunet. *Paris, Silvestre,* 1836 ; in-8, br.

> Exemplaire sur papier de Chine.

291. Lesperon de discipline, pour inciter les humains aux bonnes lettres...., lourdement forgé et rudement limé par fraire Anthoine du Saix, 1532; 2 parties en 1 vol. in-4 gothique.

> Exemplaire grand de marges, malheureusement incomplet des derniers feuilets.

292. Les amours de Jan Antoine de Baif. *Paris, veuve Maurice de la Porte,* 1552. — Le Ravissement d'Europe par J. Antoine de Baif. *Paris,* 1552; 2 part. en 1 vol. in-12; n. rel.

293. La Deffence et illustration de la Langue française (par J. du Bellay). *Paris, Arnoul l'Angelier*, 1553. — Recueil de poésies présenté à très illustre princesse Madame Marguerite (par J. Du Bellay). *Paris, Guill. Cavellat*, 1553. 3 part. en 1 vol. pet. in-8, réglé, rel. à compartiments, mal conservée.

294. Sonnets d'etrenes par Paschal Robin du Faux. *Angers*, 1572; pet. in-8, d.-rel. Rogné à la lettre.

295. La description du dernier jour avec le Jugement de Dieu selon l'Évangile et les Prophètes, mis en vers alexandrins, par Alex. Van den Bussche dit le Sylvain. *Paris, Nicolas Bonfons*, 1575; pet. in-8, 6 feuillets.

296. La Rédemption du monde (en vers), par J. Du Nesmes. *Paris, Claude Chappelet*, 1606; in-12, d.-rel.

297. Le Parnasse des poètes français modernes, recueilli par Gilles Corrozet. *Paris, Galliot Corrozet*, 1571; pet. in-8, n. relié. (*Piqûres.*)

298. Les Chansons de Gauthier Garguille. *Paris, Claudin*, 1858; in-12, br.

299. De la propriété et nature d'aucuns oyseaux avec le sens moral. *Paris, veuve Jean Bonfons, s. d.;* in-16, non relié. (*Figures.*)

    La marge inférieure est altérée.

300. Le premier Livre de la description philosophale de la nature et condition des animaux tant raisonnables que bruts, avec le sens moral. *Lyon, par Benoist Rigaud*, 1577; in-16, non relié. (*Figures.*)

    La marge inférieure est très-rognée.

301. Fables inédites des XIIe et XIVe siècles, et Fables de La Fontaine. publiées par Robert. *Paris*, 1825; 2 vol. in-8, br. (*Figures.*)

302. Fables choisies mises en vers par J. de La Fontaine, avec un commentaire par Coste. *Paris,* 1769; 2 tomes en 1 vol. in-12, v. (*Figures.*)

303. Fables de La Fontaine. *Paris, Jombert,* 1819; 2 vol. in-12, pap. vélin.

304. Contes et nouvelles en vers par La Fontaine. *Amst.,* 1745; 2 vol. pet. in-8, v. f., tr. dor., figures à mi-pages.

305. Contes et nouvelles de La Fontaine. *Londres, Cazin,* 1778; 2 vol. in-18, v., tr. dor., vignettes à mi-pages.

306. Contes et nouvelles en vers de La Fontaine. *Paris.* 1792; 2 vol. in-8, mar. (*Figures.*)

307. Contes et nouvelles de La Fontaine, édition illustrée par Tony Johannot, etc. *Paris,* 1839; in-8, br. (*Figures.*)

308. Contes et nouvelles de La Fontaine illustrés par Tony Johannot. *Paris,* 1839; gr. in-8, br. (*Figures.*)

309. Tractato del Prete colle monache. *S. l. n. d.;* pet. in-8 goth.

   Exemplaire sur PEAU VÉLIN. Réimpression faite par les soins de Oudin en 1840.

310. Opere Toscane di Luigi Alamani. *Lugd., Seb. Gryphius,* 1532; pet in-8, v. f.

311. Aminte, fable boscagère du seigneur Torquato, traduite d'italien en français, par G. Belliard. *Rouen, Jean Petit.* 1598; pet. in-12, vélin.

312. Mystère de saint Crespin et de saint Crespinien, publié par Dessalles et Chabaille. *Paris, Silvestre,* 1836; gr. in-8, br.

   Exemplaire sur papier de Chine.

313. Mystère de saint Crespin et de saint Crespinien, publié par Dessalles et Chabaille. *Paris, Silvestre,* 1836; in-8, papier de Chine, br.

314. Mystère de saint Crespin et de saint Crespinien, publié pour la 1re fois, par Dessalles et Chabaille. *Paris,
Silvestre*, 1836; in-8, papier vélin, br.

315. Moralité de la vendition de Joseph... *On les vend à
Paris en la rue Neufve Notre-Dame, à l'enseigne Saint-Nicolas. (A la fin) : Imprimé pour Pierre Sergent, s. d.*; in-
fol., format allongé.

> Réimpression gothique.

316. Moralité de la vendition de Joseph... *Imprimé à Paris
pour Pierre Sergent, s. d.;* in-fol. goth, format allongé.

> Réimpression.

317. Moralité de Mundus, Caro, Demonia; farce des Deux
Savetiers. *Paris, Didot*, 1827; in-fol., format allongé,
br. n. rog.

> Réimpression gothique tirée à cent exempl., n° 66.

318. Le même ouvrage. — Un autre exemplaire portant le
n. 67.

319. Moralité des blasphémateurs de Dieu à XVII personnages. *Paris, Silvestre*, 1831; in-fol., format allongé,
goth., pap. de Holl., br.

320. Moralité des blasphémateurs de Dieu à XVII personnages. *Paris, Silvestre*, 1831; in-fol., format allongé,
br.

> Réimpression gothique à 90 exemplaires, n° 58.

321. Le même ouvrage. — Un autre exemplaire sur papier de mise en train.

322. Moralité de l'Aveugle et du Boiteux, par André de
La Vigne. *Paris, Crapelet*, 1831; in-8, d.-rel. *Papier de
Chine.*

323. La Farce de la Pipée. *Paris, Crapelet*, 1832; in-8 en
feuilles, papier de Chine.

324. La Farce du Meunier de qui le Diable emporte l'Ame en Enfer, composé par N. de La Vigne. *Paris, Crapelet*. 1831, in-8, d.-rel. *Papier de Chine.*

324 *bis*. — Le même ouvrage, papier de Hollande. d.-rel.

325. L'Histoire tragique de la Pucelle d'Orléans; par Fronton Du Duc, représentée à Pont-à-Mousson, devant Charles III, publiée en 1581 et rééditée par Durand de Lançon. *Paris*, 1859; in-8, br., pap. de Holl.

326. Les Six premières Comédies de Larivey. *Paris*, *Abel Langelier*, 1579; in-12, vél. (*Piqûres.*)

327. Amours de Cheréas et Callirrhoé, trad. par Larcher. *Paris, Merlin*, 1823; 2 vol in-18, gr. pap. br. (*Figures.*)

328. Cy commence l'Istoyre du noble roy Artus de Bretaigne, pet. in-fol. goth. à 2 col.

Fragment d'une édition du xv⁵ siècle.

329. Ollivier, poème par Cazotte. *Paris*, 1798; 2 vol. in-18, gr. pap. vél., figures avant la lettre. Cartonné n. rog.

330. Les Vieux conteurs français, publiés par Paul. L. Jacob. *Paris*, 1841; gr. in-8, br.

331. Les Cent nouvelles nouvelles avec les figures de Romeyn de Hooge. *Cologne*, 1701; 2 vol. pet. in-8. v. f. (*Figures.*)

332. L'Heptameron des nouvelles de très-illustre et tres-excellente princesse Marguerite de Valois, royne de Navare. *S. l.*, 1560; in-16, d.-rel.

Court de marges.

333. L'Heptameron ou histoires des Amans fortunez, des Nouvelles de très-illustre et très-excellente princesse Marguerite de Valois, royne de Navarre, remis en son vrai ordre par Cl. Gruget. *Paris*, 1607; in-12, v.

334. Contes et nouvelles de Marguerite de Valois. *Paris, Dauthereau,* 1828; 5 vol. in-18, broché.

335. Le livre des Légendes, introduction, par Le Roux de Lincy. *Paris, Silvestre,* 1836; in-8, pap. vélin, br.

336. Le Décameron de Boccace, traduction par Sabatier de Castres. *Paris,* 1801; 11 vol. pet. in-8, br.

> On a joint à cet exemplaire la suite des figures de l'édition avant et avec la lettre et 101 figures de Romeyn de Hooge.

337. Contes de Boccace, trad. en fr. *Paris,* 1835; 2 vol. in-8, d.-rel.

338. Dialogue très-élégant intitulé le Perégrin, traictant de l'honneste et pudique amour concilié par pure et sincère vertu, traduict de vulgaire italien en langue françoyse, par M⁰ François Dassy. *Nouvellement imprimé à Lyon, par Claude Nourry,* 1528; in-fol. goth. à longues lignes, v. br.

> Bel exemplaire, grand de marges et très bien conservé.

339. Le tableau des riches inventions couvertes du voile des feintes amoureuses qui sont représentées dans le Songe de Polyphile, exposées par Beroalde. *Paris, Guillemot,* 1600; in-fol., v., fig. sur bois.

340. Thèse sur les vicissitudes et les transformations du Cycle populaire de Robin Hood. *Paris,* 1832; in-8 br.

341. OEuvres de Fr. Rabelais. *Paris, Charpentier,* 1850; in-12, d.-rel., v. f.

342. Notice sur deux anciens romans intitulés : les Chroniques de Gargantua, par J.-C. Brunet. *Paris, Silvestre,* 1834; in-8, br., pap. de Hollande.

343. Notice sur deux anciens romans intitulés : les Chroniques de Gargantua, par J.-Ch. Brunet. *Paris, Silvestre,* 1834; in-8, br.

344. Recherches sur les éditions originales des cinq livres du Roman satirique de Rabelais, par J.-C. Brunet. *Paris, Potier,* 1852; in-8, br.

Exemplaire sur papier vélin, avec envoi autographe de l'auteur.

345. Procez et amples examinations sur la vie de Caresme-Prenant. *Paris,* 1605; pet. in-8, br.

Réimpression du siècle dernier.

346. Procez et amples examinations sur la vie de Caresme-Prenant. 1609; in-12. — Combat de Cirano de Bergerac avec le singe de Brioché. *Paris,* 1704; in-12.

Réimpressions.

347. OEuvres complètes de Tabarin, publiées par Gust. Aventin. *Paris, Jannet,* 1858; 2 vol. in-12, br., pap. de Holl.

348. Erasmi Roterodami apologia. *Antuerpiæ,* 1519; in-4. *Marque de Jehan Thybault.*

349. Moriæ encomium Erasmi declamatio. *S. l. n. d.;* in-4. à longues lignes, lettres rondes.

350. Amusements philologiques par Gab. Peignot. *Dijon.* 1824; in-8, br.

351. Silva de varia Lecion agora enmendada (Por Pero Mexia). *Leon de Francia,* 1556; pet. in-8, v. br.

352. Car. Bovilli. Proverbiorum vulgarum libri. *Venundantur à M. P. Vidouæo,* 1531; pet. in-8, v. f., tr. dorée.

353. Dicta septem sapientium. *Parisiis,* 1558. — Proverbia Gallicana, 1558. — 2 part. en 1 vol. in-12, mar.

353. Andreæ Alciati emblematum libellus. *Lugd., Jacobus modernus,* 1545; pet. in-8, d.-rel. (*Figures.*)

353. Alciati emblemata. *Parisiis, Gueffier,* 1589; pet. in-8, vélin. (*Figures.*)

356. Andr. Alciati emblemata. *Parisiis*, 1601; in-8, vélin.

357. Les emblèmes de maistre Alciat, mis en rime françoise avec curieuse correction. *Paris, Chriestien Wechel*, 1542; pet. in-8. (*Figures.*)

> Titre doublé.

358. Les devises héroïques de Claude Paradin. *Anvers*, 1563; in-16, vélin. (*Figures.*)

> Exemplaire taché.

359. Heroïca Cl. Paradini. *Ant.*, 1562.—Picta poesis. *Lugd.*, 1564; 2 part. en 1 vol. in-16, vélin. (*Figures d'emblèmes.*)

360. Petri Costalii pegma, cum narrationibus philosophicis. *Lugd. apud Matthiam Bonhomme*, 1555; pet. in-8, figures. v. f.

HISTOIRE.

361. Cosmographiæ universalis libri vi, auctore Sebastano Munstero. *Basileæ*, 1550; in-fol., p. de tr. (*Figures.*)

362. Le même ouvrage en français. In-fol.

> Manque le titre.

363. Dictionnaire géographique universel. *Paris, Kilian*, 1824; 10 tomes en 20 vol. in-8, br.

364. Cartes de Cassini pour les environs de Paris. 9 feuilles en 1 carton.

365. Voyage de Shaw en Barbarie. 2 vol. in-4 en feuilles.

366. Voyage historique de l'Amérique méridionale, par Don Juan et Don Antoine de Ulloa. *Paris, Jombert*, 1752; 2 vol. in-4, br.

367. Catalogus annorum et principum, ab homine con-
dito, per Valerium Anselmum Ryd. *Bernæ*, 1540; in-fol.
vélin. (*Figures sur bois.*)

368. Liber chronicarum. *Nurimbergæ*, 1493; in-fol., bas.
(*Figures sur bois.*)

Exemplaire piqué.

369. De la Vicissitude ou Variété des choses en l'univers,
et concurrence des armes et des lettres par les premières
nations du monde; plus s'il est vrai ne se rien dire qui
n'ayt esté dict paravant; par Loys Le Roy. *Paris, Pierre
L'Huilier*, 1575; in-fol. vélin.

370. Atlas historique de Lesage. In-fol., d.-rel.

371. Joannis Boccacii Certaldi de casibus illustrium viro-
rum libri. *Venundantur ab Johanne Gormontio, s. a.* Petit
in-fol., car. ronds.

372. BOCCACE. Des Nobles malheureux — (A la fin) — *Cy
finist le dernier livre de Jehan Boccace des nobles malheureux
translaté de latin en français. Imprimé nouvellement pour
Anthoine Vérard, s. d.;* in-fol. gothique à deux colonnes.
10 grandes planches en bois.

Exemplaire grand de marges, mais piqué et incomplet du
feuillet 130.

373. Traité des Mesaventures des personnages signalez traduit de J. Boccace, par Witart. *Paris, Nicolas Ève, relieur
du Roy*, 1578; in-8, vélin.

374. Opera Salustiana. *Lugduni*, 1509; pet. in-fol. goth.,
rel.

375. Polleti historia fori romani. *Duaci*, 1576; in-8, vélin.

376. Petri Gallii de topographia Constantinopoleos. *Lugduni*, 1562. — De Bosporo Thracio. *Lugd.*, 1561; 2 t. en
1 vol. in-4, rel.

377. S'ensuivent les chroniques de France abrégées, avec la génération de Adam et Ève. *S. l. n. d.*; pet. in-4 gothique à deux colonnes.

   Incomplet des derniers feuillets.

378. La grant Monarchie de France composée par Messire Claude de Seyssel, à présent archevesque de Thurin, adressant au roy très chrestien François premier de ce nom. *Imprimée à Paris, pour Regnault Chaudière*, 1519; pet. in-4 goth., d.-rel. (*Mouillures.*)

379. Abbrégé fidelle de la vraye origine et généalogie des François, composé par Claude Du Pré. *Lyon*, 1601; pet. in-8, vélin.

380. Compendium Roberti Gaguini super Francorum gestis. *Parisiis*, 1500; in-fol., lettres rondes. (*Figures sur bois, piqûres.*)

381. Insignia peculiaria Christ. Francorum regni numero vigenti.... per excellentem Johannem Feraldum in lucem editum. *Parrisiis, apud Johannem Parvum, s. d.* pet. in-8 goth., témoins.

382. Discours des estats et offices tant du gouvernement que de la justice et des finances de France, par Charles de Figon. *Paris*, 1579; pet. in-8, taches.

383. Conseil et advis très salutaire si les magistratz et offices doivent être continuez. A *Langres*, 1596; pet. in-8, cart.

384. Matt. Zampini. De origine et atavis Hugonis Capeti, cum Carolo Magno agnatione et gente. *Parisiis*, 1581; in-8, vélin.

385. L'oraison du seigneur Jean de Zamoscie, l'un des ambassadeurs envoyés en France par les états du royaume de Pologne à Henry, duc d'Anjou, sur la déclaration de son élection. *Paris, Morel*, 1574; in-4, n. rel.

386. Les Cronicques du feu roy Charles VII, contenans les faits et gestes du dit seigneur, lequel trouva le royaulme en grant desolation et néantmoins le laissa paisible, rédigées par Me Alain Chartier. *Se vend à Paris, en la maison de Jehan Longis* (1528); petit in-fol. gothique, dérelié.

Exemplaire grand de marges et réglé. Le titre est remonté.

387. Cronique et Hystoire faicte et composée par feu Messire Philippe de Comines, contenant les choses advenues durant le regne du roi Louis XIe. *Imprimé en janvier 1525, et se vend en la boutique de Galliot Du Pré.* — Croniques du rey Charles VIIIe par Philippe de Comines. *Achevé d'imprimer l'an 1528, pour Me Enguilbert de Marnef.* — 2 part. en 1 vol. in-fol. gothique à longues lignes.

388. Les Mémoires de Messire Martin du Bellay. *Paris, à l'Olivier de P. L'Huillier*, 1569; in-fol., gr. pap. v. (*Aux armes de Harlay.*)

389. Tableaux de la Révolution. 144 pl. in-fol. avec texte.

390. Mémoires pour servir à l'histoire de France en 1815 (Bataille de Waterloo). *Paris*, 1820; in-8, br., pap. vél., carte.

391. Mémoires pour servir à l'Histoire de France en 1815, avec le plan de la bataille de Waterloo. *Paris, Barrois*, 1820; in-8, br., pap. vélin.

392. Notice sur le plan de Paris, de Jacques Gomboust. *Paris*, 1858; in-12, br.

393. Les Rues de Paris, avec les cris que l'on entend journellement dans les rues de la ville et la chanson desdits cris. *Troyes, Jean Garnier*, 1724; pet. in-12, br.

394. Histoire de l'École polytechnique, par Fourcy. *Paris*, 1828, in-8, br.

395. Les Archives curieuses de la Champagne et de la Brie, par A. Assier. *Paris, Téchener*, 1853; in-8, br.

396. Antipathie des Français et des Espagnols, trad. de Garcia. *Rouen*, 1638; in-12, vél.

397. La totale et vraie Description de tous les passaiges, lieux et destroictz par lesquels on peut passer et entrer des Gaules es Italies. *On vend lesdicts livres à Paris en la maison de Toussaint Denys, libraire*, 1518; 40 feuillets. — Compendium de multiplici parisiensis universitatis excellentia. *Parisiis, per Th. Denys*, 1517; 20 feuilles. 2 part. en 1 vol. in-4, goth., rel.

398. Panégyrique de congratulation pour la concorde de royaumes de la Grande-Bretagne, à Jacques, roy d'Angleterre, par Jean de Gordon. *La Rochelle*, 1603; pet. in-8, br.

399. Histoire de Foulques Fitz Warin, publiée d'après un manuscrit du Musée Britannique par Francisque Michel. *Paris, Silvestre*, 1840; in-8, br. Papier vél.

400. Guillaume Postel. De la République des Turcs. *Poitiers, Enguilbert de Marnef*, s. d. — Histoire et considérations de l'origine, loy et coustume des Tartares. *Poitiers, Enguilbart de Marnef*, 1560. — La tierce partie des Orientales Histoires. *Poitiers, de Marnef*, s. d., in-4, vélin.

401. L'Estat et comportement des armes, livre autant util que nécessaire à tous gentilshommes et officiers d'armes, par Jehan Scohier. *Bruxelles*, 1597; in-fol. vélin. *Rare*.

402. Le Blason des couleurs, en armes, livrées et devises, par Sicille, publié et annoté par H. Cocheris. *Paris*, 1860; in-12, br.

403. Imperatornm et Cœsarum vitæ et imagines. *Argentorati*, 1534; in-4 vélin. (*Figures.*)

404. Additions à l'ouvrage de Pellerin sur la Numismatique. in-4.

405. Petri Fabri de re Athletica, ludisque vetorum Gymnicis tractatus. *Lugd.*, 1492; in-4, d.-rel.

HISTOIRE LITTÉRAIRE.

BIBLIOGRAPHIE.

406. Discours sur les publications littéraires du moyen âge, suivi d'un Errata par Prompsault. *Paris*, 1835; in-8, br. — Villonie littéraire de l'abbé Prompsault, démontrée par l'écrit qu'il a fait suivre d'un prétendu errata. *Crapelet*, 1835; gr. in-8.

407. Histoire des livres populaires par Charles Nisard. *Paris, Dentu*, 2 vol. in-12, br.

408. Histoire de Journal des Savants, par H. Cocheris. *Paris*, 1860; in-4, br.

409. Étude biographique et bibliographique sur Symphorien Champier, par Allut. *Lyon*, 1859; gr. in-8, cart.

410. Vauquelin des Yveteaux, par Rathery. *Paris*, 1854; in-8, br.

411. An introduction to the study of Bibliography, by Th. Hartwell Horne. *London*, 1814: 2 vol. in-8, cart.

412. J. Ch. Brunet. Manuel du Libraire et de l'Amateur de livres. *Paris*, 1820; 4 vol. in-8, cart.

413. Nouvelles Recherches bibliographiques pour servir de supplément au Manuel du Libraire, par J. Ch. Brunet. *Paris, Silvestre*, 1834; 3 vol. in-8, pap. vél., br. (*Exempl. interfolié.*)

414. Manuel du Libraire et de l'Amateur de livres, par J.-C. Brunet. *Paris, Silvestre*. 1842; 5 tomes en 10 vol, in-8, papier vélin, cartonnés.

> Exemplaire interfolié avec quelques notes et une lettre autographe de l'auteur.

415. Manuel du Libraire et de l'Amateur de livres, par Jacques Charles Brunet. *Paris. Silvestre*, 1842; 5 tomes en 10 parties.

> Exemplaire papier vélin, plié et non broché.

416. Manuel du Libraire et de l'Amateur de livres, par J.-C. Brunet. *Paris. Silvestre*, 1842; 5 tomes en 10 vol. in-8, en feuilles.

> Exemplaire en grand papier vélin.

417. Manuel du Libraire et de l'Amateur de livres, par J.-Ch. Brunet. *Paris, Didot*. 1862; 6 tomes en 12 vol. in-8, br.

418. Barbier. Dictionnaire des ouvrages anonymes et pseudonymes. *Paris*, 1822; 4 vol. in-8, br.

419. Dictionnaire des ouvrages anonymes et pseudonymes, par Barbier. *Paris, Barrois*, 1822; 4 vol. in-8, d.-rel.

420. Dictionnaire bibliographique choisi du xve siècle, par de la Serna Santander. *Bruxelles*, 1805; 3 vol. in-8. d.-rel.

421. Histoire de l'Imprimerie, par Paul Lacroix et Ferdinand Seré. *Paris*, 1852; gr. in-8, br. (*Figures.*)

422. Origine de l'Imprimerie, par Lambinet. *Paris*, 1810; 2 vol. in-8, d.-rel.

423. Débuts de l'Imprimerie à Strasbourg, par Léon de Laborde. *Paris*, 1840; gr. in-8, br. (*Fac-simile.*)

424. De l'origine et des débuts de l'Imprimerie en Europe, par Aug. Bernard. *Paris*, 1853; 2 vol. in-8, br. (*Fac-simile.*)

425. Histoire de la Librairie et de l'Imprimerie, par Jean de la Caille. *Paris*, 1689; in-4, v. br.

Exemplaire couvert de notes de M. Silvestre.

426. André Chevillier. L'Origine de l'Imprimerie de Paris. *Paris*, 1694; in-4, vélin.

Notes manuscrites de M. Silvestre.

427. Annals of Parisian typography, containing an account of the earliest typographical establishments of Paris, by the R. William-Parr Greswell. *London*. 1818; in-8, cart. (*Figures.*)

428. Catalogue chron. des Libraires et Imprimeurs de Paris depuis 1470 jusqu'à présent, par Lottin. *Paris*, 1789; 1 vol. en 3 parties in-8, d.-rel.

Quelques notes manuscrites.

429. Notices bio-bibliographiques sur quelques libraires, par Dereume. *Bruxelles*, 1858; in-8, br.

430. Etudes sur la Typographie, par Crapelet. *Paris*. 1837; in-8, br.

Tome Ier. Le seul publié.

431. Essai sur la Typographie, par Amb.-Firmin Didot. *Paris*, 1855; in-8, br.

432. Jean Gutenberg, premier maître imprimeur, ses faits et discours et sa mort, écrit par Fr. Dingelstedt et tr. de l'all. en fr. par Revilliot. *Genève*. 1858; in-fol. cart. (*Eaux-fortes.*)

433. Annales de l'Imprimerie des Alde, par Ant.-Aug.
Renouard. *Paris, Jules Renouard,* 1834; in-8, br.

434. Les Estienne et les types grecs de François Ier, par
Auguste Bernard. *Paris, Edw. Tross,* 1856; in-8, br.

435. Ant.-Aug. Renouard. Annales de l'Imprimerie des
Estienne. *Paris, Jules Renouard,* 1843 ; in-8, d.-rel.

436. Essai bibliographique sur les éditions des Elzevirs.
Paris, Didot, 1822; in-8, br.

437. Annales de l'Imprimerie Elzevirienne, par Ch.
Pieters. *Gand,* 1851 ; 2 tomes en 3 livr. in-8, br.

438. Catalogus librorum officinæ Danielis Elzevirii. *Amst.,*
1681 ; in-12, cart., n. rogn.

    Réimpression.

439. Annales Plantiniennes 1555-1589, par Ruelens et de
Backer. *Paris,* 1866 ; in-8, br.

    Notes manuscrites.

440. Estienne Dolet. Sa vie, ses œuvres, son martyre, par
Joseph Boulmier. *Paris,* 1857 ; pet. in-8, br.

441. Manuel du bibliographe normand, par Frère. *Rouen,
Le Brument,* 1860 ; 2 vol. in-8, br.

442. De l'Imprimerie et de la Librairie à Rouen dans les
xve et xvie siècles et de Martin Morin, célèbre imprimeur
rouennais, par Ed. Frère. *Rouen, Aug. Le Brument,* 1843 ;
in-4, br.

443. Des livres de liturgie des églises d'Angleterre, Salis-
bury, York, etc., imprimés à Rouen dans les xve et xvi^e
siècles, par Ed. Frère. *Rouen, Le Brument,* 1857 ; in-8,
broch.

444. Recherches sur les livres imprimés à Arras, par
d'Héricourt et Caron. *Arras*, 1851-55 ; 2 part. in-8, br.

> Partie 1 et 3.

445. Bibliographie Douaisienne, par Duthilloeul. *Douai*,
1842 ; gr. in-8, br.

446. Recherches historiques sur l'Imprimerie et la Librairie à Amiens, avec une description de livres divers imprimés en cette ville, par Ferdinand Pouy. *Amiens*, 1861 ;
in-8, br.

447. Recherches sur les commencements de l'Imprimerie
en Lorraine. par Beaupré. *Nancy*, 1845 ; in-8, br.

448. Nouvelles recherches de bibliographie lorraine. par
Beaupré. *Nancy*, 1856 ; in-8, br.

449. Essai philologique sur les commencements de la
Typographie à Metz et sur les imprimeurs de cette ville.
Metz, 1828 ; in-8, br.

450. Recherches sur l'Imprimerie à Troyes, par Corrard de
Breban. *Paris*, 1851 ; in-8, br.

451. Livres liturgiques du diocèse de Troyes, imprimés au
XVe et au XVIe siècles, par Al. Soccard et Alexandre Assier. *Paris*, 1863 ; in-8, br. (*Figures.*)

452. Livres populaires imprimés à Troyes, de 1600 à 1800.
par Alexis Socard. *Paris*, 1864 ; gr. in-8, br. (*120 planches.*)

453. Noëls et cantiques imprimés à Troyes, depuis le
XVIIe siècle jusqu'à nos jours, par Alexis Socard. *Paris*,
1865 ; in-8, br. (*Figures.*)

454. Notice sur l'imprimerie à Nevers, par Prosper Bégat.
Nevers, 1864 ; in-8, br.

455. Bibliographie lyonnaise du xvᵉ siècle, par A. Péricaud
aîné. *Paris,* 1851; in-8, 4 part. br.

Notes manuscrites.

456. Manuel du bibliophile et de l'archéologue lyonnais
(par Montfalcon). *Paris,* 1857; in-8, gr. pap., br.

457. L'imprimerie à Toulouse, aux xvᵉ, xvıᵉ et xvıɪᵉ siècles,
par Desbarreaux-Bernard. *Toulouse,* 1865; in-8, br.

458. Bibliographie du Périgord, par le C. de Malleville.
1861; in-8, br.

Tiré à 100 exemplaires.

459. Essai de bibliographie limousine, par Pierre Poyet.
Limoges, 1862; in-8, br.

460. Les origines de l'imprimerie à Marseille, par Bory.
Marseille, 1858; in-8, pap. de Holl., br.

Tiré à 100 exemplaires.

461. Dissertation sur l'origine de l'imprimerie en Angleterre, trad. du docteur Middleton, par Imbert. *Londres,*
1775; in-8, br.

462. Bibliothèque Anglo-Saxonne, par Francisque Michel.
Paris, Silvestre, 1837; in-8, pap. de Holl.

463. Bibliographie gauloise, recherches sur les travaux des
imprimeurs de Gand, par Vander Haeghen. *Gand,* 1858:
6 vol. in-8, br.

464. Études sur la typographie génevoise du xvᵉ au
xıxᵉ siècle, par Gaullieur. *Genève,* 1855; in-8, br.

465. Notice sur les imprimeurs qui existent ou ont existé
hors de l'Europe, par Ternaux-Compans, avec supple-
ment. *Paris, s. d.;* in-8, br.

466. Calligraphie, gravures, cartes à jouer, reliure et registre, rapport par M. Merlin. *Paris, Impr. Imp.*, 1856; in-12, mar. bl., tr. dor. (*Capé.*)

467. De l'origine de la signature et de son emploi au moyen âge, par Guigue. *Paris, Dumoulin*, 1863; in-8, br. (*48 planches.*)

468. Histoire du livre en France, par Edmond Werdet. *Paris*, 1861; 4 tomes en 5 vol. in-12, br.

469. Essai historique sur la bibliothèque du roi, par Le Prince. *Paris*, 1856; in-12, br.

470. Histoire de la bibliothèque Mazarine, par Alfred Franklin. *Paris*, 1860; pet. in-8, br.

471. Bonnardot. De la réparation des vieilles reliures. 1858. — Essai sur l'art de restaurer les estampes et les livres, 1858; 2 vol. in-12, br.

472. Monuments inédits ou peu connus faisant partie du cabinet de Guill. Libri. *Londres*, 1864; in-fol., br. Planches A à E et de 1 à 60.

473. Bulletin du bibliophile. *Paris. Techener*, 1834 et 1857 à 1866; 11 années en livraisons.

474. Catalogus librorum quos collegit Gosuinus Uilenbrock. *Amstelod.*, 1729; in-8, rel.

Cette bibliothèque, d'un grande richesse, contenait tous les dessins originaux de Le Pautre pour Versailles, Marly et Trianon.

475. Catalogue des livres de la bibliothèque de M. l'abbé de Tressan. *Paris, Silvestre*, 1819; in-8, br. pap. vélin. prix.

476. Catalogue de la bibliothèque de M. Raetzel. *Paris, Silvestre*, 1836; in-8, br. Prix manuscrits et noms des acquéreurs.

477. Bibliotheca Heberiana. Catalogue de la bibliothèque de Richard Heber. *Londres*, 1834-36; 13 parties. *Gand*, 1835; *et Paris*, 1836. Ensemble 16 part. gr. in-8, cart. et br.

478. Catalogue des livres de la bibliothèque de Richard Heber. *Paris. Silvestre*, 1836; in-8, d.-rel. mar.

479. Catalogue des livres rares et précieux de la bibliothèque de M. le comte de Labédoyère. *Paris*, 1837; gr. in-8, pap. de Holl. Prix et noms des acquéreurs.

480. Catalogue de livres rares et précieux, romans de chevalerie, etc., composant la bibliothèque de M. le prince d'Essling. *Paris, Silvestre,* 1845; in-8, br.

Edition imprimée en caractères gothiques. L'un des dix exempl. sur papier de Hollande.

481. Catalogue of the extraordinary collection of spendid manuscripts formed by Libri. 1859; gr. in-8, br., *figures*, et autres catalogues de Libri. 5 vol., br.

482. Catalogue des livres de Armant Cigongne, précédé d'une notice, par Leroux de Lincy. *Paris, Potier*, 1861; in-8, br.

483. Catalogue de la bibliothèque de W. M. (William Martin). Avec notes. *Paris, juin*, 1864; gr. in-8, br.

Tiré à 20 exemplaires.

484. Catalogue de mes livres (par M. Yémenitz). *Lyon. Louis Perrin*, 1865; 3 vol. in-4, br.

485. Environ 150 catalogues de bibliothèques vendues aux enchères, rédigés par M. Silvestre et autres.

ALBUM

486. *Cet album, composé et réuni par M. Silvestre, est divisé en sections ainsi qu'il suit :*

1° MARQUES ORIGINALES, 2 cartons. Environ 600 pièces.

2° MARQUES ÉTRANGÈRES, 1 carton. Environ 300 pièces.

3° MARQUES REPRODUITES PAR M. SILVESTRE, 5 cartons in-4 et 3 cartons in-8 renfermant 1,600 pièces.

4° TITRES ET FRONTISPICES. Environ 400 pièces en 1 carton.

5° ALPHABETS des xv° et xvi° siècles, 300 pièces environ en 1 carton.

6° ALBUM DES REPRODUCTIONS PAR LE PROCÉDÉ PILINSKI. Environ 300 pièces en 1 carton.

7° PORTRAITS et *fac-simile* d'écriture. Environ 300 pièces en 1 carton.

Ensemble 15 cartons contenant environ 3,800 pièces.

Réunion du plus grand intérêt et composée avec le plus grand soin. Cet Album sera divisé s'il n'est pas fait d'offres suffisantes.

LIVRES EN NOMBRE

487. L. C. SILVESTRE. Marques typographiques ou Recueil des monogrammes, chiffres, enseignes, emblèmes des libraires et imprimeurs qui ont exercé en France de 1470 à la fin du xvɪᵉ siècle. *Paris*, 1853 à 1867; in-8, papier vergé divisé en 2 parties de 8 livraisons chacune. Ensemble 16 livraisons.

> Il reste de l'ouvrage complet 219 exemplaires soit brochés, soit pliés ou en feuilles des livraisons I à XV, et la XVIᵉ au nombre de 500.

> Cette dernière, qui vient d'être terminée, ne pourra pas être vendu par l'acquéreur plus cher que les autres livraisons.

> Il existe de plus un exemplaire complet de l'ouvrage et 32 exempl. de la XVIᵉ livraisons sur papier vélin.

> Le chiffre des livraisons existantes est d'environ 3,832.

> Il sera vendu avec l'ouvrage environ 600 clichés qui ont servi à l'impression.

488. COLLECTION DE POÉSIES GOTHIQUES, publiée par M. L. C. SILVESTRE. 24 vol. in-16. Collection de poésies, romans, chroniques, etc., publiée d'après d'anciens manuscrits, et d'après des éditions des xvᵉ et xvɪᵉ siècles *Paris, Silvestre* (de l'imprimerie de Crapelet), 1838-58; in-16, caractères gothiques, avec des vignettes gravées sur bois.

> Pour le détail de cette collection, voyez *Brunet, Manuel, vol. 2*, col. 138.

> CINQUANTE Exemplaires complets pliés et reliés en feuilles, sans couvertures.

> Les bois de cette collection seront vendus avec ces exemplaires et livrés à l'acquéreur, moins 2 bois pour la Guerre de la langue, 1 bois pour Ædipus, 1 pour le Chevalier délibéré, 1 pour le Testament de Lucifer, 1 pour Mᵉ Hambrelin, 1 pour l'histoire de Pierre de Provence. — 7 bois.

489. DE LA MÊME COLLECTION DES POÉSIES GOTHIQUES, 24 vol. in-16, papier de Hollande.

> 3 Exemplaires.

490. DE LA MÊME COLLECTION. Papier de mise en train.

> 4 Exemplaires.

491. VOLUMES SÉPARÉS DE LA COLLECTION DES POÉSIES GO-THIQUES QUI SERONT VENDUS EN NOMBRE:

Livraisons :	1 Marchans de Naples.	2 Exemplaires.
	3 Quarante et une chansons.	4 —
	4 Rommant de Richart.	2 —
	5 Assumption de N.-D.	12 —
	6 Les Proverbes communs.	9 —
	7 Nativité de J.-C.	2 —
	8 Miracle de Berthe.	9 —
	9 Bigorne.	2 —
	10 Mirouer des femmes vertueuses.	2 —
	11 Miracle de la Gaudine.	24 —
	12 Mystère de saint Martin.	14 —
	13 Le Songe de la Toison-d'Or.	27 —
	14 Syperis.	14 —
	15 Desbat de la langue.	33 —
	16 Le Chevalier délibéré.	18 —
	17 Les Grans Regretz de Mlle du Palais.	32 —
	18 Pierre de Provence.	26 —
	19 Le Temple d'honneur.	30 —
	20 Les Chronicques de Gargantua.	20 —
	21 Testament de Lucifer.	24 —
	22 Ædipus.	14 —
	23 Maistre Hambrelin.	15 —
	24 Danse macabre.	6 —

Ensemble 341 livraisons.

OUVRAGES QUI N'ONT JAMAIS ÉTÉ MIS EN VENTE.

Taste vin, roi des Pions; l'Art de rhétorique; les Quinze signes.

---

492. Sensuyt le testament de Taste vin, roi des pions, 1 feuille goth. :

4	Exemplaires	sur vélin.
4	—	sur chine.
2	—	papier de Holl.
12	—	papier fort.
179	—	papier ordinaire.

493. L'Art de réthorique, pour rimer en plusieurs sortes
de rimes, 1 f. 1/2 goth. :

4 Exemplaires sur vélin.
4 — sur chine.
2 — Hollande.
12 — papier fort.
180 — papier ordinaire.

494. Les quinze signes descendus en Angleterre avec la
lettre des cornifleries, 1 f. goth. :

4 Exemplaires sur vélin.
4 — sur chine.
2 — sur papier de Hollande.
12 — sur papier fort.
180 — papier ordinaire.

495. ESSAI D'IMPRESSION GOTHIQUE. Saint-Nicolas, feuilles B
et C 1/2. La feuille A n'existe pas.

2 Exemplaires sur vélin.
177 — sur papier ordinaire.

496. Notice sur les différentes éditions des heures gothiques, ornées de gravures, imprimées à Paris au xv^e
et xvie siècles, par M. J. C. Brunet. *Paris, Silvestre*, 1834,
gr. in-8, br. (14 Exemplaires sur grand papier vétin.)

497. Notice sur les différentes éditions des heures gothiques, par J.-C. Brunet. *Paris*, 1834; in-8 br., pap. de
Hollande. (3 Exemplaires.)

498. Notice sur deux anciens romans intitulés les Chroniques de Gargantua, où l'on examine les rapports qui
existent entre ces deux ouvrages et le Gargantua de Rabelais, par J.-C. Brunet. *Paris, Silvestre*, 1834; in-8, br.
(12 Exemplaires.)

499. Notice biographique et bibliographique sur Alione
d'Asti, par J.-C. Brunet. *Paris, Silvestre*, 1836, in-8, br.
(25 Exemplaires.)

500. Poésies françaises de J.-G. Alione d'Asti, composées
de 1594 à 1520, publiées par J.-C. Brunet. *Paris, Silvestre*, 1836; in-8 goth., br. (3 Exemplaires.)

501. Le Banquet des Chambrières faict aux étuves, 1541 ; in-8 goth.

> Réimpression.
>
> 38 Exemplaires de la première feuille.

502. Bigorne qui mange tous les hommes qui font le commandement de leurs femmes. *S. l. n. d.* ; in-4, 2 ff., fig. *Réimpression gothique.*

> 4 Exemplaires sur VÉLIN et 2 exemplaires sur papier de Chine.

503. Catalogue de livres rares et précieux, romans de chevalerie. etc., provenant de la bibliothèque du prince d'Essling. *Paris, Silvestre*, 1845 ; in-8, br. (*Édition gothiques.*)

> 35 Exemplaires.

504. La chanson de Roland ou de Roncevaux, du xiiᵉ siècle, publiée pour la première fois par Francisque Michel. *Paris, Silvestre*, 1837 ; in-8, br. papier de Chine.

> 2 Exemplaires.

505. La chanson de Roland ou de Roncevaux du xiiᵉ siècle, publiée par Francisque Michel. *Paris, Silvestre*, 1837 ; in-8, br., papier vélin.

> 4 Exemplaires.

506. Combat de Cirano de Bergerac avec le singe de Brioché au bout du Pont-Neuf. *Paris, Maurice Rebuffé*, 1704 ; pet. in-8, br. Réimpression.

> 15 Exemplaires.

507. La complainte douloureuse du nouveau marié. *Paris, Didot*, 1830 ; in-8, br.

> 3 Exemplaires de la collection des anciennes poésies françaises

508. Addition à l'Essai sur les probabilités de la durée de la vie humaine. par Deparcieux. *Paris*, 1760 ; in-4, br.

> 6 Exemplaires.

509. La descente de Tabarin aux enfers. *S. l.*, 1621 ; pet. in-8, br. (Réimpression.)

> 12 Exemplaires.

510. Le dialogue du fol et du sage. *Paris, chez Simon Calvarin*, pet. in-8, goth. (Réimpression à 40 exempl.)

> 3 Exemplaires.

511. Discours sur la nature et les dogmes de la religion gauloise, par de Chiniac de la Bastide du Claux. *Paris*, 1769 ; in-12, br.

> 4 Exemplaires.

512. Le dit de la Gageure (en vers). *Paris*, 1835 ; in-8, br. (Tiré à 50 exempl.)

> 2 Exemplaires.

513. Le dit des trois pommes. Legende en vers du XIVᵉ siècle, publiée par Trébutien. *Paris, Silvestre*, 1837 ; in-8.

> Papier de Chine, 2 exemplaires.
> Papier de Hollande, 6 exemplaires.
> Papier vélin, 100 exemplaires.

514. Un dit d'aventures, pièce burlesque et satirique du XIIIᵉ siècle publiée par Trébutien. *Paris, Silvestre*, 1835 ; in-8, goth.

> 8 Exemplaires sur papier de Chine.

515. Un dit d'aventures, pièce burlesque et satirique du XIIIᵉ siècle, publiée par Trébutien. *Paris, Silvestre*, 1835 ; in-8, papier de Hollande (1 feuille).

> 60 Exemplaires.

516. Le dit de Ménage. pièce en vers du XIVᵉ siècle, publiée par Trébutien. *Paris, Silvestre*, 1835 ; in-8, goth.

> 4 Exemplaires sur papier de Chine.

517. Ledit de Ménage, pièce en vers du xive siècle, publiée par Trébutien. *Paris, Silvestre*, 1835 ; in-8, goth.

> 4 Exemplaires sur papier de Hollande.

518. Gautier d'Aupais. Le Chevalier à la Corbeille. Fabliaux du xiiie siècle, par Francisque Michel. *Paris, Silvestre*, 1835 ; in-8, br.

> 4 Exemplaires.

519. Histoire de Soissons, depuis les temps les plus reculés jusqu'à nos jours, par H. Martin et P. L. Jacob. *Soissons*, 1837 ; 2 vol. in-8, br.

> 6 Exemplaires.

520. Hugues de Lincoln. Recueil de ballades anglo-normandes, relatives au meurtre de cet enfant commis par les Juifs en 1255. *Paris, Silvestre*, 1834 ; in-8, papier de Hollande.

> 2 Exemplaires.

521. Lai d'Ignaurès, en vers du xiie siècle, par Renaut, suivi des lois de Melion et du trot en vers du xiiie siècle, publiés par Montmerqué et Francisque-Michel. *Paris, Silvestre*, 1832, in-8, br.

> 3 Exemplaires.

522. Lettre de Philippe de Valois à Alphonse IV, roi d'Aragon, publiée par Francisque Michel. *Paris, Silvestre*, 1835 ; in-8, br.

> 4 Exemplaires.

523. Défets du Lexique roman de Renouard, in-8. 11 volumes divers.

524. Des xxiii manières de vilains. *Paris, Silvestre*, 1833 ; in-8, br.

> 2 Exemplaires.

525. Monteil. Traité des matériaux manuscrits de divers genres d'histoire. *Paris*, 1836; 2 vol. in-8, br.

> 20 Exemplaires.

526. Défets des monuments de l'Indostan in-fol. comprenant les titres et 3 exempl. du tome 1er, plus des planches du tome 2.

527. Moralité de Mundus, Caro, Demonia, à cinq personnages. Farce des deux Savetiers. *Paris, Silvestre,* 1838; in-fol., br., format allongé. (Réimpression gothique.)

> 16 Exemplaires sur papier de mise en train.

528. Moralité des blasphémateurs de Dieu à XVII personnages. *Paris, Silvestre*, 1831; in-fol., br. format allongé. (Réimpression gothique.)

> 4 Exemplaires sur papier de mise en train.

529. Moralité nouvelle du mauvais riche et du ladre à douze personnages. *Paris, Silvestre*, 1833; pet. in-8 goth., fig.

> 2 Exemplaires.

530. Le Parnasse occitanien, ou choix de poésies originales des troubadours. *Toulouse*, 1819. — Essai d'un glossaire occitanien. *Toulouse*, 1819; 2 vol. in-8, br.

> 4 Exemplaires.

531. Le Pas Salhadin, pièce historique en vers, relative aux croisades, publiée par Trébutien. *Paris, Silvestre*, 1836; in-8.

> 11 Exemplaires papier de Hollande.
> 133 Exemplaires sur papier vélin.

532. Procez et amples examinations sur la vie de Caresme prenant. Traduict d'italien en françois. *Et se vend rue Saint-Jacques*, 1609; pet. in-8, 23 pp., br.

> 18 Exemplaires.

533. **Proinpsault. Discours sur les publications littéraires du moyen âge.** *Paris*, 1835 ; in-8, br.

> 3 Exemplaires.

— **Lettre à M. Crapelet, 1835; in-8.**

> 8 Exemplaires.

534. **La Pucelle, poëme par Voltaire.** *Paris*, an VII; 2 vol. in-8, br. Figures de Monsiau.

> 4 Exemplaires.

535. **Reliquiæ antiquæ. Scraps from ancient manuscripts, illustrating chiefly early english litterature and the english language, edited by Wrigt and Halliwel.** *London*, 1843; 13 parties in-8, br.

> 5 Exemplaires.

536. **La Riote du monde. Le Roi d'Angleterre et le Jongleur d'Ely, poésies du XIIIe siècle.** *Paris, Silvestre*, 1834; in-8, br.

> 4 Exemplaires.

537. **Roman d'Eustache Le Moine, pirate du XIIIe siècle, publié par Francisque Michel.** *Paris, Silvestre*, 1834; in-8, br.

> 3 Exemplaires.

538. **Roman de Mahomet, en vers du XIIIe siècle, et Livre de la loi au Sarrazin, publiés par Reinaud et Francisque Michel.** *Paris, Silvestre*, 1831; in-8, br., papier vélin.

> 4 Exemplaires.

539. **Roman de la violette.** *Paris, Silvestre, s. d.;* in-8, grand papier vélin, figures.

> 3 Exemplaires auxquels il manque les titres.

540. Sermon joyeux. *S. l. n, d.*; pet. in-8, goth., br. (Réimpression faite à 40 exemplaires, à Grenoble, en 1825).

12 Exemplaires dont un sur papier vert.

541. Thèse sur les vicissitudes et les transformations du Cycle populaire de Robin Hood, par Edm. Barry. *Paris.* 1832; in-8, br.

2 Exemplaires.

542. Voyage dans le levant en 1817 et 1818 (par le comte de Forbin). *Atlas*, gr. in-fol. en carton, 80 planches lithogr.

58 Exemplaires.

543. **Poinçons et Matrices de Caractères gothiques du XV° siècle.**

Poinçons :

1° Alphabet de grandes capitales gothiques (n° 1). Manque Y, Z.

2° Alphabet des minuscules, lettres doubles et d'abréviations, ponctuation (n° 1). Complet.

3° Grandes capitales gothiques (n° 2). Incomplet de 4 lettres.

4° Alphabet complet des minuscules de lettres, et de lettres d'abréviations, signes et ponctuations (n° 2).

5° Dix poinçons de grosses lettres gothiques.

6° Douze poinçons de lettres dépareillées.

7° *Matrices.* Environ 150 matrices des caractères gothiques précédents.

8° *Fontes*. Une fonte de ces caractères sera livrée avec les poinçons et matrices. Une fonte de ces caractères existe aussi chez M. Lahure et deviendra la propriété de l'acquéreur.

Cet article est vendu sans garantie ni rapport.

PAPIERS BLANCS

544. Un lot d'environ cinq rames, papier collé et non collé, papier de Hollande pouvant servir à l'impression.

545. Un lot d'environ une rame de papier de Chine pouvant servir à l'impression des livres ou des figures.

---

546. **ASSIGNATS**.

Un lot de 22 Assignats de la République française.

LETTRES AUTOGRAPHES

547. D'ALEMBERT.

Lettre autog. signée in-4, 1 page, avec cachet.

548. ASSIGNATION.

Datée de 1626. 2 pages in-fol. avec la copie.

549. BERTRAND (Jehan), l'un des quatre secrétaires de Henri II.

Lettre autog. signée, datée du 3 avril 1554, pour faire payer à une pauvre dame veuve le prix de certains jambons. 1 feuille in-4.

550 BOUILLON (Duchesse de).

Lettre autog. signée (... *de Nassau*) au duc de Bouillon son fils, 7 pages pleines in-4 ; très-belle lettre sur les affaires du temps.

551. CHASTELET (Marq. du).

Lettre autogr. signée. 3 pages in-4 à Dom Calmet, 29 oct. 1739.

552. ÉLISABETH-CHARLOTTE (Duchesse d'Orléans, mère du Régent).

Lettre autog. signée (*Marly, 16 juillet 1744*). 1 page in-4.

Monsieur de Pigis (j'ai pensés encor dire l'abbé), une centaine de pistoles me ferait grand bien, car je n'ai ni sous ni maille et n'ai pu donner hier au jardinier de Saint Clon, à tout moment j'en ai besoin ici et ne veux plus emprunter; on meurt trop brusquement. Envoyez-m'en donc, je vous prie et croyez....

553. HENRY IV, roi de France.

Lettre autog. signée. 1 page in-fol. Très-belle lettre, février 1576.

A la reyne, mère du roy, monseigneur,

Madame,

J'ay esté bien étonné quand M. de Sanssac m'a fait entendre qu'on vous avoyt dyt que j'avoy fet une sy grande sotyse que de m'en estré allé sans dyre adyeu, et avoir prys congé de Vte Majesté......

554. LA CHAIZE (le Père).

> Lettre signée. 2 pages in-8.
> Lettre à Spon, sur l'impression de ses ouvrages à l'imprimerie Royale.

555. LOUIS XV et le duc de Choiseul.

> Leur signature sur un brevet de grâce.

556. LOUVOIS (ministre de Louis XIV).

> Billet signé, au prévôt des Marchands. 1 page in-4.

557. MAINE (L. A. de Bourbon, duc du).

> Deux Lettres signées, datées de *Versailles*, 1697, et de Fontainebleau, 1697. 2 pages in-8, avec cachets.

558. MAZARIN (Cardinal).

> Lettre signée au marquis de Castelnau, lieutenant-colonel de mon régiment d'infanterie, au camp devant Philisbourg. 1644. 1 page in-fol., restes de cachets.

559. MONTMORENCY (Anne de).

> Lettre signée, *Fontainebleau*, 1er avril 1554, à propos des fortifications de la ville de Paris.

560. OECOLAMPADIUS.

> Lettre autographe signée, en latin, 1528, in-8 obl.

561. PIRON.

> Deux Lettres autog. signées, 1753 et 1761. Chacune de 3 pages in-4.
>
> La première a rapport à la pension de mille livres que lui fait le Roy. (*Je ne seray pas de l'Académie, je l'avoue, voilà tout mon enfer.*)
>
> L'autre a rapport à l'abbé Fréron. Elle est en partie déchirée.

562. PROJET de Mémoire par les PP. Jésuites, sur le zèle de nos rois et surtout de Louis XIV pour la conversion des sauvages du Canada. In-fol. (1683).

563. **SENTENCE ARBITRALE** par laquelle il est porté que les PP. Cordeliers seront obligés de garder les interdits lancés contre eux par l'abbé de Saint-Corneille, qu'ils ne pourront faire de procession hors de leur maison, en date du 18 octobre 1246.

2 feuilles parchemin in-4.

564. **DOSSIERS** A à W.

Comprenant environ 150 Lettres autographes signées par :

AUGER, BENJAMIN CONSTANT (Esquisse d'un discours), prince de BEAU-VEAU, LA BÉDOYÈRE, BEUGNOT, PALISSOT-BEAUVOIS, SAINTE-BEUVE, BOYER, J.-Ch. BRUNET, BEUCHOT, CAILHAVA, CAMBACÉRÉS, CORDIER conventionnel, CAMUS, Casimir DELAVIGNE, 7 stances autog (in-4), MARIE-JOSEPH CHENIER, CARNOT, CHATEAUBRIAND, CORVISART, DELAMBRE, DAUBENTON, Charles DUPIN, le Comte DARU, FOURCROY, FORFAIT, FARGAS, Duc de FRIOUL, GEOFFROY-SAINT-HILAIRE, D'HARCOURT, JUSSIEU, LAMARCK, LACRETELLE, LACÉPÈDE; MICHELET, MONTEIL, MÉON, MACDONALD, MOREAU (Général), 8 Lettres; MASSÉNA, 8 Lettres; NODIER, Fr. de NEUFCHATEAU, NEY, PIXERÉCOURT; ARNOULD-PLESSY, Duc de RICHELIEU; SIEYES, SOLEINNE, SÉBASTIANI, TER-NAUX, WALCKENAER.

565. **LOT** de 72 Lettres écrites en espagnol et en italien, 1674-1675 : PRINCE DE LIGNE, COMTE DE MILGAR, DUC D'OSSUNA.

CORRESPONDANCE DE JOMBERT

566. **CORRESPONDANCE** autographe de Jombert, libraire à Paris au XVIIIᵉ siècle, avec Pierre Mortier, Moetjens, Brindley, Besongne, Luchtmans, Foppens, Dessain, le ch. de Bonneval, Belidor, Bigot de Morogues, etc.

Environ 300 Lettres in-4.

MANUSCRIT DE FLORIAN

567. **ÉLIÉZER** et **NEPHTALY**, Poème traduit de l'hébreu, in-4, d.-rel.

MANUSCRIT ORIGINAL DE FLORIAN.

Il provient de la Bibliothèque de Pixerécourt.

TABLE DES DIVISIONS DU CATALOGUE

RENOU et MAULDE, imprimeurs de la Compagnie des Commissaires-Priseurs,
rue de Rivoli, 144.   10875

RED. :

19

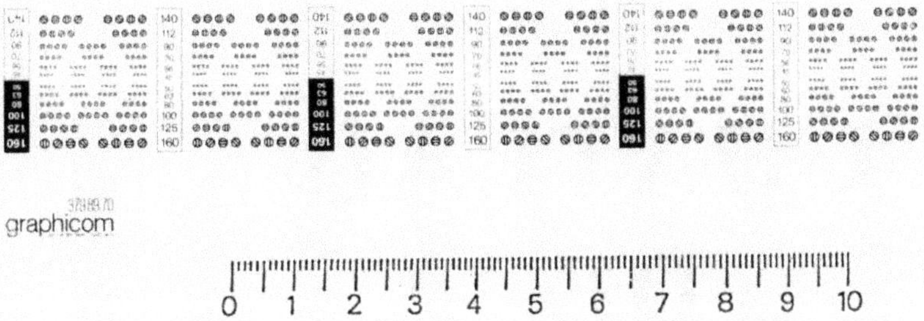

graphicom

0 1 2 3 4 5 6 7 8 9 10

www.ingramcontent.com/pod-product-compliance
Ingram Content Group UK Ltd.
Pitfield, Milton Keynes, MK11 3LW, UK
UKHW022109170726
13837UKWH00003B/1134